U0041201

跪婦女神
婚姻奮鬥記

李蒨蓉
侍夫育兒療癒級
mur mur
領銜人妻衝衝衝

Contents 目錄

Chapter Three　家有惱公

Chapter Four　珍愛自己

婚姻像城堡
Living in the castle

前副總統呂秀蓮曾經說過,婚姻彷彿是座城堡,外面看似華麗,裡面卻很空蕩,也就是說婚姻其實是很寂寞的。至今依然單身的呂秀蓮女士為何會這樣說,我不知道,但是TMD她還真說對了!

以前單身無聊的時候總有地方去,隨便呼朋引伴看場電影喝杯飲料也可以泡在咖啡店一下午,上夜店通宵達旦激情過後回家倒頭就睡,根本沒有機會感受什麼叫做空虛,寂寞這兩個字是什麼東西,夜夜笙歌的我根本不會寫!

我是個幸運兒,年紀輕輕就出道賺錢,不用朝九晚五關在辦公室裡,買東西不用想,家裡爸媽不用我養,主持外景走透透,出國看世界,但是回到家我還是待不住,年輕人體力好,我根本靜不下來,當初我並不知道,原來這個就叫做不甘寂寞……。

我結婚早,25歲懷孕26歲生,周遭跟我同齡的朋友都還在談戀愛跑夜店,我已經挺著一個大肚子了!朋友們半夜唱KTV,我已經在餵奶!凌晨去吃宵夜的時間,我正在換尿片!嬰兒不會開口叫媽媽,不會跟妳說謝謝,只會喝奶拉屎,哭鬧的時候要人抱,這一抱,又是從半夜抱到天亮,老公鮮少在家,男人外出打拼,女人在家帶小孩,好像是自古以來天經地義的安排,原來婚後生活是這樣,多一個小的抱在懷裡,多一個老的睡在旁邊,多了好多一拖拉庫接踵而來令人無法招架的責任,市面上如何當新手媽媽

的書籍一大堆，但是書上教的跟現實生活完全不一樣，懷胎九月原來根本不辛苦，小孩生出來考驗才開始！生活中不是只有如何消毒奶瓶的問題，點點滴滴瑣瑣碎碎都是從未碰過的麻煩事。偶爾想要放個手，有錢的花錢請幫傭，沒錢的厚臉皮請婆媽幫忙帶小孩，好不容易雙手騰空了，但心結還是打不開，情緒管理這種事沒有人能幫，書上講的根本都是屁！教妳不要氣我還真火，**教妳不要難過我偏偏就是想不開，挖哩咧！**作者都是出家和尚，讀者都是凡夫俗子，理論跟操作根本是兩碼事！

剛生完老大時，不曉得是不是因為產後憂鬱，還是餵母奶導致時荷爾蒙作祟，多愁善感的我時常會抱著孩子望著這窗外，默默掉眼淚，感覺懷中的孩子是我的所有，也是我唯一的僅有，外面的花花世界離我好遙遠，寂寞籠罩著我，烏雲罩頂般的甩不開，我懷念當小姐瀟灑的日子，我想念人多熱鬧喧囂的生活，我好奇朋友之間的八卦，我想參與每一次單身的聚會，我彷彿是籌碼輸到一個都不剩的賭徒，沒有恣意揮霍的任性，什麼本錢都沒有，看著衣櫃子再美的名牌華服，我也沒有場合穿。

小孩是我生的固然可愛，但是新生兒期間沒有互動，四目交接時感覺彷彿隔著魚缸看金魚，你看得懂他，他卻看不懂你，沒有人懂我的寂寞，書裡沒教過。我終於懂了，為何有人那樣說，婚姻生活像是住在城堡裡，空蕩蕩的好寂寞，外界眼光羨慕我什麼都有，有老公有小孩有依靠，但是唯有我知道，外面森林跑慣了，關進城堡裡要學會如何克服心魔！難怪這個世界上沒有婚姻補習班，只有婚姻諮詢師，結婚以後所發生的問題，沒有辦法預防，只有遇到問題時，如何解決！

隨著光陰飛逝，孩子長大帶來的成就感，夫妻之間越來越和諧的節奏，我才漸漸知道，以前單身時，生活看似精彩，但是其實內心空虛，要不斷的找刺激、找人陪來填補空洞，現在有了家庭，步調緩慢生活看似平淡，但是家庭的溫暖能讓一顆不羈的心真正的安定下來，彷彿靜坐打禪，打開了我的感官，去體會何謂心靈上的滿足，讓我心甘情願地住在城堡裡。

在一段婚姻、一個家庭裡，女人扮演了極重要的角色，當好媽媽可以讓家溫暖，當好老婆可以讓家甜蜜，我從不知道到不會做，學著做到慢慢做，到現在本能地去做。現在的我喜歡宅在家，家讓我有歸屬感，孩子睡了夜深人靜時，倒杯紅酒、滑滑手機、聽聽音樂，佈置一下家裡，好好享受一個人的浪漫時光，或是跟老公窩在床上看部電影，外面的狂風暴雨跟我們都沒有關係，唯有家，讓我們扎實抓緊安全感！看著單身朋友吃喝玩樂的臉書照片，我不再羨慕，因為我知道這個家讓我擁有了更多！

我還是住在城堡裡，但是我的城堡外面漂亮，裡面也很美～

歡迎光臨來到我的城堡！

Chapter One

家庭煮婦

從不會煎蛋到燒一桌好菜

想當年我還是小姐的時候，連荷包蛋都不會煎，過著「老外老外老外、三餐老是在外」的生活，因為呢，有其母必有其女，不好意思不孝女爆個料，本人母親李媽媽自己也不會燒菜，小時候媽媽常帶我上餐館，長大了想吃什麼就外面買，錄影工作時就吃便當。算起來啊，在廚房裡面只會使用微波爐，羞愧啊！

20出頭時，我和老公還在男女朋友的約會階段。有段日子他飛去上海當台商兩年，剛走沒多久就幫我買了一張機票，希望我飛過去與他相會，女人啊！聽到男朋友的呼喚，當然就滿心歡喜地飛過去囉！

*沒想到飛去了之後，完全不、對、勁！*他早上揮揮衣袖去上班，塞了一大疊人民幣給我，幹什麼呢？並不是賞賜給我去瞎拼買禮物，竟然是叫我去幫他添購家用品！短期租來的房子裡，只有簡單的家具，毫無機能性，老公給我一疊錢，告訴我說，大賣場在哪裡，叫我自己打車過去，頓時心中有種上錯賊船，飛來當台傭的感覺！現在回想起來真覺得自己真的虧、大、了！人家在台灣是小姐，怎麼飛去了上海變成歐巴桑？！好啦，電鍋、烤箱、電扇……小家電，負責任的我什麼都買齊了，就只差沒有刷馬桶拖地板，原來這個臭男人，叫我飛去上海，不是想念我，是叫我幫他做事，要在一天之內把空蕩蕩的房子，變成可以方便生活的家。

飛去上海當台傭的日子還有一件事情讓我印象深刻，想說我當起了女主人不僅要打理家，還要會燒飯啊！於是天真的我就嘗試著想著要燒一桌菜，等老公下班回家，給個驚喜，當時想得很簡單，覺得做菜怎麼會難，買個菜、回家煮一煮，就可以變出一桌很漂亮的菜。我只想要吃個紅燒雞腿，卻完全沒概念的買了一隻雞！我心想，反正把雞肉切一切，熱油炒一炒，加點醬油準沒

錯！其實我長這麼大，連生雞肉都沒摸過，何況剁全雞？滑溜溜的雞皮摸起來油油的，觸感好奇怪！TMD雞肉怎麼這麼難切？骨頭怎麼都斷不了？原來處理全雞是一件專業度很高的麻煩事！好笑的是我一邊剁雞、還邊念阿彌陀佛，感覺這隻雞彷彿是我殺的。剛好那天一位住上海的女朋友來探望我，看我切成這樣說：

「妳幹嘛自己切雞呀？」

「因為我想做紅燒雞腿啊！」我答。

「那妳怎麼不買現成切好的雞腿咧？」

原來喔！我才知道有整隻已經處理好、分類好各部位的雞肉可買。後來切蒜頭，切到我把指甲油都摳掉了！

她又說：「蒜頭不是這樣子剁的，妳用菜刀拍一拍，皮跟蒜就會分開了。」

我的天哪，可見我這個連怎麼剁蒜頭都不會的人，居然還敢要做菜？老公回到家一看，看著顏色都是一樣的，全部黑黑的五道菜，還不解地問我這些菜是焦糖口味嗎？他傻眼我尷尬，結論，沒有一道菜是能吃的，那時才赫然發現，原來我是個只會吃不會燒的菜痴！

結婚後，我希望小朋友和先生在家裡可以吃得健康、吃得安心，一家人天天圍桌吃飯是凝聚感情很重要的關鍵，也是我成長過程所沒有的經歷，於是乎以前我買了很多食譜，決定為當準媽媽做

好準備，想說照著步驟做，就不相信我做不到。大錯特錯啊我！明明食譜上面寫零失敗，怎麼我燒出來的菜是零成功？書上寫「汆燙」，什麼是汆燙？還有，熬雞湯要放火腿片，是哪一種火腿咧？無知的我，丟了兩片三明治火腿，笑死人了！結果我煮的湯喝起來像是雞塊加白水，跟館子的濃郁風味完全不同，後來我才搞懂，原來熬雞湯是要放金華火腿啦！

我的學菜之路就這樣一路跌跌撞撞，直到有次因緣際會，我向台灣烹飪大師傅培梅女士的傳人程安琪老師拜師學藝，才總算撥得雲開見月明。當時的我懷著第一胎，到老師家一對一的學，十一年前老師就要價不菲，一堂私人課要5000元，食材費另計，貴鬆鬆啊！聽說現在學費更貴囉！然而，那堂課從原本預計的兩小時，整整上了快四小時，你就知道我真的是超級幼幼班！程老師非常有耐心，從菜要怎麼洗、魚要怎麼挑，肉要怎麼燒，全部從頭教起，我當時已經懷孕八個月，挺個肚子在那邊，還好年輕體力好，就這樣站了四小時；老師都怕我把小孩給「站」了出來！很可惜只跟老師上了兩堂課，我就去生小孩囉。雖然只有拜師學藝兩堂課，但對我而言真是終生受用啊，奠定我往後自己光看食譜也能燒出一手好菜的基礎；基本功有練過，馬步有紮穩果真不一樣，現在的我看食譜可以有樣學樣，或是運用不同的食材舉一反三。雞、豬、魚，完全都難不到我囉！尤其是中國菜普遍的紅燒口味，再也不會被我燒成焦糖醬啦～

從高級超市買到傳統市場

剛開始學燒菜的時候，所謂買菜對我來講，就是要在有空調的超市裡，推著光亮的推車，優雅的買菜。根本不知道原來買菜也是門學問，如何聰明的買菜，買到價格實惠又好吃的菜，還真的要貨比三家，多跑幾個不同的地方。

想當初每次到百貨公司樓下的超級市場，隨便買一買都要好幾千，不食人間煙火的我以為這就是買菜的行情，像是我最愛吃的進口沙拉，後來買過大賣場才發現，原來進口超市是大賣場的三倍價！這段繳學費的過程，讓我從微風超市買到大潤發，最後再買進傳統市場，當然啦，因為區域性的不同，即便是婆婆媽媽最愛的傳統市場，也有價差的分別，我才知道，原來買菜真的是要錙銖必較！

當我下定決心不要再被進口超市騙錢，我開始勤跑大賣場之後，才發現它們真的是有便宜；唯一美中不足的是，大賣場地方大，逛起來較耗時，量販的包裝回家還要另外花時間分裝，東西種類多，但是不見得樣樣都有，譬如說，今天我想買雞里肌（雞胸肉中間兩條最嫩的）這樣更精細的特定部位，在大賣場中偶爾才會看到（*不然就是被更早去的媽媽們搶走啦！*），或是像最適合煮牛肉麵的三筋三岔肉，大賣場鐵定沒有，後來才明白為何有人會這樣不辭辛勞，一大早殺到傳統市場，因為在那裡，幾乎可以買到所有需要的東西。

怎麼樣，蒨蓉我說的一口好菜，是不是覺得我很pro啊！其實我的菜齡一直買到第十年，我才走進傳統市場，而且這個習慣一改變，就再也回不去了！現在的我都殺去傳統市場買菜，而且每個禮拜固定的行程，反而成為一件我最期待的事。我家住東區，距離我遙遠的天母士東市場卻是我的最愛，乾淨、燈光明亮，那裡雖然是傳統市場，但規模比較小，攤位集中，還有提供媲美超市的推車，非常貼心。很多攤商的菜都會包裝好，形狀完整、顏色新鮮，對消費者而言很方便，不用自己辛苦地挑菜，海鮮類也很豐富，各式各樣的魚、貝類和蝦蟹等，處理得很乾淨，還會分成小包裝放在密封袋，可以凍起來好幾天，細節上很用心。不過也因為如此，相較於其他的傳統市場，價錢上士東的確有貴一些些。

在我家附近的傳統市場價錢便宜很多，一大籃當季新鮮便宜的蔬菜每次都很多人圍在那邊挑，我這個人最不喜歡人擠人挑菜，而且實在是擠不過阿公阿婆，有時候晚到一步，菜通通被搶光了！心態上某方面我還是想維持買菜的優雅，所以啊，對我而言，傳

煮婦 經驗談

1. 百貨超市：

貴死人不償命的菜價，如果妳是花錢如流水毫不計較的大器貴婦，在百貨公司的超市裡買菜，的確是天堂般的享受，有時候還可以逛逛一盒上千元的進口水果，開開眼界～ 百貨超市雖貴，但是如果今晚家裡吃西餐，想要來點起司配紅酒，各式口味的進口起司、火腿、洋派日系的調味料、零食、還真的只有這裡才有！有時候蒨蓉心血來潮想烤個全雞，為了要買新鮮的羅勒、迷迭香，就一定要跑趟百貨公司，尤其，在經過擺滿來自各國啤酒的冰櫃，總是讓人好心情，呵呵！我還真是個酒鬼！

・**蒨蓉最愛去推薦**：Breeze Super、city' super。

2. 社區超市：

家裡臨時缺了一瓶牛奶、一盒豆腐，或是少了一包蘇打粉，離家最近的超級市場，總是臨時抱佛腳的好選擇。有些社區超市還是24小時營業，沒有打烊的時間限制，蒨蓉時常早上7：30送完孩子上學後，就往超市跑。特別是在傳統市場固定公休的星期一，社區超市便是唯一的選擇啦。講到這，雖然傳統市場開賣得早，但是蒨蓉有過在早上七點，等菜販上架，以及早上八點站在大賣場門口等待拉鐵門的經驗後，我才由衷的感謝，還是24小時的超市最靠譜～

・**蒨蓉最愛去推薦**：頂好超市（近年來多了許多進口調味料&紅白酒，

統市場裡最時尚的選擇，就屬士東啦！

家裡附近的菜市場一定是最方便的，超市、大賣場、傳統市場各有好處，缺一不可，現在，讓蒨蓉來與妳分享我的買菜經驗吧！

加上24小時營業，深得我心！）

3. 大賣場：

量販式的大包裝，真的便宜很多！尤其是肉類，因為咱們家裡有三個無肉不歡的壯丁，蒨蓉總是每個月會固定前往大賣場補貨，把家裡的冷藏庫塞滿滿！尤其是想要吃牛排的時候，我個人偏愛美國牛肉的香味，去Costco買準沒錯！另外大包裝的牛腩、牛腱、牛筋，也都應有盡有。蒨蓉必購的去乳糖牛奶，美國進口，用來對付我們家對奶蛋過敏的哥哥。

・**蒨蓉最愛去推薦**：大潤發、Costco。

4. 傳統市場：

傳統市場是我的心中首選，每週必跑之地！優點蒨蓉在前面講了那麼多，但傳統市場有個讓人無奈的缺點就是凡事要付現！市場旁邊往往就是ATM，雞肉攤一千、豬肉七百、海鮮兩千、水果一千、雞蛋蔬菜又花個幾百，東買買、西買買，原本厚厚的一疊鈔越變越薄，去傳統市場消費絕對讓妳很「有感」啊～

傳統市場長菜識

還沒被傳統市場洗腦之前，我都到社區超市解決採買需求，直到有次經驗，我才大澈大悟，原來不懂菜的人才會去超市買。

那次想要燒個三杯雞，臨時缺九層塔，跑了三家超市居然沒有一家有，下午三、四點買不到一盒九層塔，超洩氣，跑到最後一家還是沒買到，我氣到高分貝的跟店員抱怨：「這麼基本的東西怎麼會沒有！」這次的經驗讓我知道，超市很便利，但不見得剛好有你要的食材，或是賣完後還沒補貨，timing不對，跑再多家也買不到。後來去傳統市場看，只要去得早，幾乎什麼都買得到，南北貨、當季蔬果、生猛海鮮、雞鴨牛豬，什麼都有，而且，還有更多滿滿的、買不到的人情味！

我打入菜市場的資歷尚淺，但是我從那兒學到的東西，都是食譜裡沒教到的知識，每次我去買菜，我總是會多花些時間跟攤位老闆打打屁、搏感情，他們也都很熱情的教了我好多東西。有次想要涼拌苦瓜，看見攤位上有深綠色和青綠色兩款，看得我傻眼，問了之後才知道，老闆建議深綠色苦瓜用來涼拌好口感，淺綠色苦瓜則是拿來煮湯。燒菜燒到沒有靈感時，只要開口不恥下問，攤位老闆們總是有源源不絕的菜色推薦。牛肉攤老闆教我，買的牛肉拿回去用食用油抹一抹，燒起來特別香！還有每次都只能跟芹菜、豆干當好朋友的牛肉絲，他說多加一瓢沙茶醬就會特別下飯，回去照做後，兒子吃了兩大碗。蔬菜攤老闆人真好，還會幫我把芋頭去皮、筍子削好。連滷味攤都有撇步學，印象很深的是

有次買了三百元的燻雞，要做雞絲拉皮，老闆說雞絲拉完骨頭不要丟，他還送我一包雞汁，教我連同骨頭丟到湯裡面去煮，配上一把薑絲，幾分鐘就能把清水變雞湯！傳統市場有很多學問和食材保鮮撇步，以及老闆們多年經驗的好吃秘訣，有什麼疑難雜症，我通常只要開口一問，都能有效解決。

菜市場教我的事，可以物盡其用、不浪費食材，而且輕鬆煮就好吃！這些煮菜、買菜的常識，可是Google大神也查不到的！

嘿嘿！現在九層塔我都不用買囉，通通都用要的！在傳統市場的文化就是如此，買菜送蔥，買海鮮送九層塔，誰還會傻傻地花錢買啊？想當初我為了一盒九層塔白跑三家超市，講出來真是丟臉，虧我還自豪是好廚藝的家庭煮婦呢！

在傳統市場裡與攤販的頻繁互動，老闆們的施予小惠，有時候少算五塊錢，有時候送點小東西，雖然我們都知道天底下沒有人做賠本生意，羊毛出在羊身上，但是我想強調的是，傳統市場很多人情味，是在超市中遇不到的，**多花時間交朋友買菜可以讓人如此開心！**

我的療癒天堂在廚房

我是單親家庭長大的孩子，母親和我兩人相依為命，家裡不常燒飯，媽媽會帶著還小的我去約會上餐館，所以沒有從小家裡吃一桌菜的記憶。不過在我的印象中，全世界最好吃的荷包蛋還是李媽媽煎的。

以前國小每天早上起床，就是一杯巧克力牛奶，和一顆半生半熟邊邊還有許些焦黃的荷包蛋，李媽媽雖然不會燒菜，她煎的荷包蛋卻是我小時候吃起來最難忘、最溫暖的味道。現在該我升格為人妻、人母了，我要我的家充滿溫馨感，我希望以後孩子們的回憶，媽媽的家常菜勝過所有山珍海味。現在連李媽媽每個禮拜都會來家裡吃個飯，有時候還會打菜包走，一家人圍在一起吃飯的感覺就是很棒，也是凝聚家人力量最棒的方式。

而且近年來許多食安問題讓人擔憂，吃家裡還是最放心，為家人做的菜不會用過多人工的添加物，或許不是所有食材都買有機或進口的，但是菜絕對洗得很乾淨，烹煮也不放味精，調味清淡一點，油少放一點，吃起來就是比較舒服～在我們家週一到週五天天都開伙，唯有週末才會上館子打牙祭。*與我較好的朋友都知道，來我們家隨時都有飯吃、有酒喝，呵呵！*

咱們家的廚房有面玻璃牆，今天要吃什麼我都會寫在玻璃牆上，為得是提醒我自己今晚要燒什麼。早上出門前就把肉拿出來解凍，忙了一整天回到家，思緒尚未沈澱，如果沒寫在牆上，有時

I love flamingo!

候反應不過來，我自己看到肉可能還會不知所措哩。這個習慣久
了後小朋友回到家，也會來看看玻璃牆上的今日菜色，無肉不歡
的男生們，只要看到紅燒牛腩、咖哩雞、蔥燒排骨，這些平時他
們喜歡吃的菜餚，就會手舞足蹈的歡呼起來，看到孩子們開心馬
麻我也是「金歡喜」啊！建議忙碌的媽媽們也可以買一塊白板，
或在冰箱上貼些小東西，讓孩子們回家可以看，有種期待的心
情，也是無形中增進和孩子互動的方式喔。

坦白說，燒菜燒久了，食譜翻爛了，想不出新花樣也是會面臨瓶
頸，醬油＋糖的芭樂口味，雞、豬、魚換來換去，換湯不換藥，
吃得我自己都膩了！難怪有人說燒菜要放感情才好吃。每天燒飯
有時我也會覺得煩，面對趕時間回家做菜的心理壓力，也是款負

擔，一但是應付心態的時候，做出來的菜就不好吃；但如果今天老娘心情好，心血來潮想要試燒新菜，我會倒杯紅酒，一邊聽音樂跟著哼哼唱唱、一邊做菜，就是這麼神奇，煮出來就真的特別好吃。

家庭煮婦每天燒飯難免會出現疲態，想要讓自己邊做飯又兼顧奇摩子，可得靠一些小兵來立大功，告訴大家我的小秘密，我煮飯的時候可是公主病上身病得兇！我會穿上蕾絲花邊的圍裙，洗碗手套上面還有顆假讚石，他們都輔助了我燒菜時的好心情。建議人妻們在廚房中準備些造型卡哇伊的煮飯小物，像是可愛的計時器，或是賞心悅目的鍋碗瓢盆，療癒作用一百分！這麼一來，**_煮飯也會是件開心事啦_**。

聰明「煮」婦省時小撇步

燒飯久了也會燒出心得，我志不在出食譜，但是如何輕鬆當個家庭「煮」婦，蒨蓉有些小撇步可以分享給大家。像是善用冷凍菜&調味醬料，可以省去不少麻煩，尤其與時間賽跑的職業婦女們，趕快豎起耳根子聽我說～

我們家天天開伙，但是每天燒飯我也會有「大小眼」的分別喔，如果今天有時間開大伙，我會多燒幾道主菜當作備菜，分裝冷凍。隔天開小伙時，拿出冷凍菜加熱，配個涼拌菜、炒個青菜、煎個魚、加個湯，一桌晚餐就搞定啦！省事又省時！少燒一道主菜真的差很多，只要是非海鮮的紅燒肉類，都可以放冷凍庫兩三週沒有問題，比方說紅燒牛腩，我會一次煮一大鍋，拿家人夠吃的量，剩下的平均分裝後就凍起來，往後備用或是變身成牛肉麵。肉燥、炸醬我都是煮大份量，熬湯也是一樣，一次煮一大鍋，喝不完的雞湯、排骨湯放到冷凍庫，家裡隨時備有「高湯冰塊」，真的是超好用！拿出來解凍下個陽春麵，加些蔬菜、兩顆貢丸，就是好吃的湯麵了，或是倒進剩飯煮成鹹粥。週末中午宅在家，一家人沒刷牙沒洗臉的就這樣簡單吃，多溫馨啊！

市面上當然有很多省時料理可以買，現成的省時醬料，懶人料理包，煮好的咖哩雞、三杯雞、炸醬……等等。以前蒨蓉也愛買，當初覺得好棒啊，真是家庭主婦的福音，但一直買下來就會發現好貴喔，省時料理有省時但是沒省錢啊！還是自己在家煮最划算！媽媽們，關在廚房裡反正都會頭臭臉油，如果時間上允許，

不妨抱著先苦後甘的心態，為了明日的輕鬆煮，老娘今天就跟你拼了！

另外菁蓉的美味撇步，擅用調味醬料，也可以漂亮的助攻加分！基本的油鹽醬醋每個家庭都有，但是有些調味料吃起來還真的不一樣，畢竟商家標榜的黃金比例不是沒有道理，自己在那邊調醬料，多辛苦啊！

好用的不只醬料

我剛開始嘗試煮雞湯時，除了二百五的把金華火腿弄錯成吐司火腿之外，總覺得為什麼自己熬的雞湯就是不夠味，怎麼婆婆的雞湯就是那麼香？婆婆情願熬湯給我也不願意傳授撇步，有一次我忍不住了，偷偷打開婆婆的櫥櫃看看裡面到底有什麼祕密武器，竟然發現裡面有一排滿滿的雞湯罐頭！哈哈，賓果！原來這就是濃醇香的祕密啦！如果擔心現成雞湯罐有添加其他調味的話，菁蓉推薦Costco有賣一款美國進口的純雞湯（樂利包裝），保鮮期效短，裡面成分就只是純雞湯＋蔬菜，加一點在自己煮的湯裡面，或是用來蒸蛋，吃起來更加分。

現在連吃水餃我都要靠一瓶水餃醬！今天會煮水餃就是懶得燒菜嘛！一瓶好的水餃醬裡面有比例完美的醬、醋、蒜、麻油，還能避免老娘我指甲卡蒜泥。看著家裡廚房的瓶瓶罐罐好像個實驗室，煮什麼要配哪一瓶、哪一罐，巧手煮婦變魔術，通通靠它們！其實市面上百百款的調味料需要靠時間和經驗去試，**重點在挑選成分天然，不添加人工化學物的醬汁，吃得安心也美味。**

日系燒肉醬&壽喜燒醬：微醃一下雞腿、牛肉，偏甜口感，孩子最愛。

芝麻醬：與雞肉超對味，做涼拌雞絲，超好吃！

萬用味醂：市面上有一款特別的味醂（Costco有賣），可以取代米酒，幾乎是萬用百搭，用太多米酒，酒氣太重，改用味醂還能加速肉質軟化。

清淡鰹魚昆布露：可以取代死鹹的傳統醬油；另一款用來提味的魚露，我們家也有。

恆泰豐行高級香醋&紅香麻油：超級市場買不到，超過60多年的老字號，絕對讓妳一試成主顧！

永豐餘拌麵醬、油醋、油蒜、椒香辣油：沒有它們，我的日子會過不下去！連老公都稱讚我拌出來的紅油燃麵，可以跟鼎泰豐一較高下呢！

買菜也要當女神

家庭主婦每天買菜、燒菜，為了選好菜東挑西揀耗盡青春，划不來！為了顧好家人的胃把自己搞到人老珠黃，萬萬不可！舊蓉我寫了那麼多字告訴妳，我天天燒飯還是能夠保持光鮮亮麗！如果我可以，妳一定也行！秘訣兩個字，態度！

妳可以笑我虛榮，但是愛美的我就是有一些自己的堅持。當天做好一整手的光療美甲，立馬回家燒菜感覺很糟蹋，但是可以一邊做菜，一邊自我陶醉美麗的雙手，好心情滿分。即使只是去傳統

這裡是超級市場，這位太太妳是有事嗎？妳以為妳是千頌伊喔？！

市場買個菜，我推的菜籃一定是最時尚！沒化妝我也會戴個巨星款墨鏡微服出巡。鮮少配戴的結婚大鑽戒，偶爾心血來潮時，我會戴上它閃閃亮亮去買菜，或是戴個bling bling耳環，整個人看起來好氣色、有架勢。

是誰說女人燒飯的時候一定就會油頭垢面，買菜的時候一定是邋裡邋遢？

破衫夾腳拖沒有人規定那是買菜制服，如果可以很優雅有風格的去買菜，做起事來心情就大不同。各位家庭主婦們，每天一成不變的工作，不要讓買菜燒飯這檔事把我們變成了黃臉婆，希望自己開心漂亮裡外兼顧，就從改變自己做起，重新檢視打點「買菜服」，**不論是在菜市場、廚房裡，我們也要當女神！**

煮婦偷吃步

1. 大賣場買生鮮肉食很方便，份量大又划算，每一次我推著滿滿一車肉在結帳時都遭受異樣的眼光，因為只要我一出手，都是一個月的份量！大包裝的生鮮買回家一定要當天分裝冷凍，放進密封式的拉鍊袋，避免食物走味，某些蔬菜類，可以先汆燙再冷凍。

2. 反覆加熱食物容易滋生細菌，一次煮完一大鍋東西，先拿取夠吃的份量就好，其他分裝好平均的量再冷凍起來，就不會有重複高溫加熱的問題囉。

3. 水果也可以冷凍？Oh yes! 容易受限時令的草莓，我有習慣性地凍起來囤貨，等季節一過，搭配藍莓、香蕉、優酪乳打成奶昔，一杯濃濃的果香，全家人都愛喝！

4. 隨時備有蘇打汽水，不是讓你調酒喝啦！蘇打汽水能夠加速肉類軟化，可以縮短紅燒牛腩、紅燒肉的烹煮時間。

女人何苦為難女人

我有一位好朋友，是個凡事親力親為的母親，每天上市場買菜的好媽媽，為了勤儉持家，不辭辛勞時常殺到離家遠、價格便宜的菜市場，背上好幾公斤的菜走路、坐公車。不僅廚藝好，連包水餃都自己來，從擀水餃皮到做餡，完全親手做，看在我們姐妹的眼裡都給她好多個讚！

女朋友水餃的好吃秘訣，她堅持一定要用溫體豬，豬油和湯汁才是最鮮美的，其實許多人在買菜燒飯，都有一些自己的堅持，像是有人會覺得超市裡的冷藏肉都不夠新鮮，所以市場裡的溫體豬、溫體雞，時常賣不過早上十點，往往銷售一空。溫體肉吃起來好口感，但是夠衛生嗎？有次看新聞我才知道，每天市場裡的溫體豬，豬隻通常是在半夜被宰殺，大約凌晨三四點再分別送到不同市場的攤位，那麼早的時間，豬販老闆都還沒到，豬肉送到後就用一個麻布袋蓋著靜置在那，沒有冷藏的過程，血水流出來沒人清，蒼蠅飛來吃肉沒人趕，一直到早上五六點，攤商到了才會開始處理豬肉，冬天還好，夏天高溫的環境令人擔憂。問題也許沒那麼嚴重，肉煮熟了細菌也殺死了，溫體肉的美味口感冷藏肉還是無法取代，我的重點在於，全台灣有那麼多好吃又多汁的現包水餃，價錢也漂亮，123、456、阿玉、阿嬌，各個有名水餃唱名不完，還有宅配服務，自己會包水餃固然厲害，但是自包水餃真的比外面好吃？還是女人為了無形的賢淑美德喜歡挑戰自己？

Cute!

其實無需餐餐大魚大肉，媽媽也不要硬逼自己天天燒一桌菜，那麼辛苦。偶爾偷懶一下，香鬆配白飯是小孩的最愛，或是幾片海苔，利用特殊打洞機做出笑臉，製造用餐樂趣～兄弟倆吃得開心又美味，媽媽的巧思，孩子的創意。

家裡的小孩沒斷奶，還在吃稀飯，女朋友連水餃都自己包，嬰兒食品怎麼可能買現成？！想當然爾是從熬骨頭湯做起，再煮粥給小孩吃。看得我回想起，自己也是一路這樣「熬」過來，如今孩子大了，我也看開了，家裡每天開伙，馬麻我有時候也需要喘口氣，偶爾想放鬆就讓孩子吃個麥當勞，八百年才吃一次速食，真的無所謂，速食不會吃死人，也不會讓妳變成壞母親。每當我提議麥當勞、摩斯、肯德基，我們的小傢伙都開心死了！

我好心的建議女朋友不要那麼的操自己，放鬆點，不用大事小事都要自己來，把自己累個半死看病沒人同情，偶爾讓孩子吃點外食真的沒關係，沒想到女朋友瞥我一眼沒好氣的說，這種事這輩子絕不可能發生在她兒子身上！吼，想法這麼死，嘴巴這麼硬，我就等妳破功買薯條給兒子吃的那一天，我在旁邊笑妳！

孩子現在都還小，新手媽媽一定都會有些莫名的堅持，但是未來

總有一天孩子會吃到外面的便當，總有一天媽媽沒時間做飯，總有一天我們會需要喘口氣……。有時候讓自己放鬆是好的，偶爾吃吃比薩、炸雞不會這樣就得病了。每天燒飯給小孩吃是出自我們的母愛與好意，但偶爾吃個速食讓媽媽輕鬆一下，小孩也開心。

我們家每個週末廚房關門，老娘要休息，有時候懶得出門上館子，就打通電話叫pizza，家裡三個男生都好樂，尤其我老公還會自告奮勇去外帶，難得一次大解放，大家都開心，何樂不為呢？

一路走來，煮飯改變我人生很大，雖然只上過兩堂課，就奠定我此生的燒菜基礎，辛苦歸辛苦，但現在的我也出運了，現在我們家每週兩天有私廚來幫忙囉！專業的大廚果然有功夫底子，燒出來的菜就是不一樣，切菜有刀法，味道也上等；蒨蓉我只會家常菜，大廚卻可以把館子吃的菜帶到家裡來。因為阿姨燒的菜太好吃，小朋友們放學回家都會先去廚房問候阿姨拜碼頭，久而久之連我也都很期待家有私廚的到來。我這個一路走過來的甘苦人，每個禮拜還是會自己燒菜買菜，但多了一位私廚來照料全家的胃，和其他好友以time share的方式，經濟負擔上我也OK，重要是，在我們家的餐桌上，又有源源不盡的好味道和說不完的好話題了。

女人何苦為難女人，懂得借力使力才是聰明的女人～

抽油煙機

家裡的抽油煙機已經用了七年，除了定期更換油網，農曆年前不免俗的大洗刷一次，平常我實在是沒有什麼特別在照顧，每天當家庭煮婦與鍋碗瓢盆抗戰已經很疲憊了，誰還會去在意抽油煙機啊！

終於經不起七年的蹂躪，家裡的抽油煙機吸力開始越來越弱、越來越弱……平日燒家常菜的時候還好，但是每當要煎牛排時，家裡面就像放顆煙霧彈一樣，簡直是煙霧瀰漫！肚子餓的時候油煙味聞起來都好香，吃飽後久久無法散去的油煙味就是噁！更別提最怕味道會殘留在我心愛的窗簾、沙發上了！逃避已久遲遲不肯面對的問題，直到某一天收到通知書，不再是填寫免費索取油網回函，而是提醒我抽油煙機歷經七年進入老舊狀態，建議汰舊換新，天啊，這家抽油煙機公司怎麼這麼厲害，還在默默地幫我算日子，真是會做生意！於是乎我一鼓作氣，播了0800客服專線，直接約好隔天一早專人到府！

水電工來的前一晚，一家人圍桌吃飯，我戴著浴帽＋一身油煙味，當下感覺是個溫馨時刻，於是乎我找到機會笑嘻嘻地問老公，對，就是那種有求於人諂媚的笑嘻嘻……

「老公，明天我約了水電工來家裡更換新的抽油煙機，有可能要付現金喔，你可以sponsor一下嗎？」我笑嘻嘻嗲嗲地問～

老公一聽馬上沒好氣而且還是高八度的回：

「為什麼要換，抽油煙機好好的為什麼要換？」

「妳請水電工看看可不可以修嘛！不要什麼東西就只想買新的，像妳之前以為shower壞掉了，一直說要換，結果只要換個零件就好了！凡事要懂得物盡其用，不要什麼東西動不動就丟，浪費！」

以上的口吻感覺像是爸爸在教訓女兒……

要不是兒子們就坐在我正對面吃飯，不然我的白眼早就翻到後腦勺去了！閉上眼深呼吸了一口氣，我在心裡用「想像力」翻了個白眼，在孩子面前還是要給父親面子，我收起了笑嘻嘻，面無表情地回：

「好，明天我請師傅修修看。」

講到shower，這又是另一個可以打上千字的故事，long story make it short，當時入冬初期，天氣冷了感覺家裡的熱水總是不夠熱，偏偏家裡喜歡洗溫水的三個男人完全無感，只有我感覺像個阿兵哥一樣每天在洗冷水澡，天氣那麼冷，水溫沒有高達40度，老娘我洗起來就是不蘇胡！熱水器檢查過沒問題，洗手台、浴缸的水都還是夠熱，偏偏shower出來的是溫水，老公認為是熱水，我說那是溫水！我就開始瘋狂抱怨這個shower有多爛，每天吵著要更換全新的淋浴系統！

結果請人來看，原來是我們家的shower有控溫設計，裡面的控

溫閥壞掉了，只要換一個新閥問題就可以解決了，修好了以後shower出來的水不是熱，是燙！

老公只是花點小錢就把shower的水變燙，放肆地在我面前跩不拉機，回到抽油煙機的故事，姐妹們，麻煩請豎起妳的耳朵，該我絕地大反攻啦！

那天水電工拿著最新的抽油煙機目錄一大早九點就到了，老公還在家，老公知悉我不會殺價、凡事只想換新的個性，主動上前與水電工了解我們家抽油煙機的狀況，以下的對話，令人噴飯的好笑！

「師傅，抽油煙機沒吸力了，是怎麼回事？」
「用了七年囉，機器老舊該換啦！」
師傅看起來為人老實，很自然的回～

「可以修嗎？」
老公不死心地問……

師傅愣在那邊三秒鐘，整整3秒鐘！本人我就在旁邊憋著呼吸，彷彿這是場百家樂賭局即將開盤，接下來就等著一翻兩瞪眼，如果師傅回答可以修，那未來三個月在家裡講話我可要小聲到用氣音啦！

緊張的時刻來臨了！結果贏家到底是player or banker呢？

師傅帶著不解的語氣回：

「修？要怎麼修？先生，你這樣划不來ㄟ！修理是要更換裡面的電動馬達，馬達又最貴！這樣只是為了保留機器的外殼，沒意義啦！」

哈哈哈！在心裡我立即發出周星馳style的霸氣狂笑！當時雖然沒有笑出聲，但是我微笑的嘴角已經裂到耳根了！

師傅繼續解釋：
「就像電風扇的道理一樣，如果機器老舊轉不動了，關鍵也會是裡面馬達的問題，花大錢修馬達還不如買一個新電扇！抽油煙機算是損耗品，使用上七年壽命算是差不多該更換了！」

講到機械性的東西，師傅的幾句話似乎讓老公一點就通，立即交代師傅接下來交由我處理後續～

之後，在更換了一台機型一模一樣但是全新的抽油煙機後，家裡的空氣品質回復正常，從此老娘我和油煙味說bye-bye，燒起菜來也就更無怨無悔啦！

車子舊了可以烤漆保養，但是如果老爺車跑不動了，只會有人想要換車，不會有人想購買新引擎吧？！男人愛車，這個道理他們都懂，可是往往家裡有什麼東西壞掉了？先修再說！身為女人在處理家務事上，就樣拍廣告一樣，男人是客戶只會出一張嘴，提案選擇越多越好，喜歡高規格要求但是預算有限，而我們女人就是辛苦在默默做事的執行者，*如何讓mission impossible變成possible，便是我們的使命！*

Chapter Two

寶貝兒子

Photo Books創造自己的故事

我家從門前走到房尾都是孩子們的照片，相信許多媽媽應該都跟我一樣，對這樣的「裝飾風格」樂此不疲，畢竟在媽媽的眼裡，再怎麼癲癇頭還是自己的兒子最帥，身為母親每天看小孩的照片都不會嫌膩啊！

我們家裡的照片，除了基本的5×7相框擺放在一般視線高度外，我還沖印了超大的全家福藝術照，擺放在家門口玄關的地上，強迫客人一進門可以邊拖鞋邊欣賞，三幅海報式的大規格掛在書房，孩子們的房間還有一面牆，被我掛滿了整片的family wall，我買了幾十個IKEA輕木質相框，用可愛的貼紙裝飾邊框，搭配魔鬼粘無痕膠帶，以不破壞牆面的方式黏貼固定，貼滿了整面牆，這真是個不錯的主意，蒨蓉在此推薦給妳，當時我還想說裡面的照片可以隨心所欲任意更換，可想而知，一幅幅的相片在黏上去之後，就再也沒有拿下來更換過了……沒什麼，就是一個字，懶！當然以上這一切種種的種種，都抵擋不了新科技改朝換代，也改變了我們現今的生活習慣。

想當年蒨蓉我剛生小孩的時候沒有smart phone沒有facebook，上百張的喜宴照片、產房裡的剖腹照、好幾年兒子們的成長照片，通通只能用最傳統的方式一張張沖洗出來，家裡堆著一疊又一疊厚重的相簿，不但佔據空間，堆積灰塵，最後在搬家的時候，通通被我丟掉，裡面的照片當然有抽出來，淪落到放在紙盒裡等著泛黃的下場。

琳琅滿目的選擇完全客製化，現在妳知道為什麼一本Photo Book可以讓我做那麼久了吧！

只要上網上傳照片點點滑鼠，DIY一本專屬自己的相片書其實很簡單。

現在不一樣囉，孩子們的照片通通在馬麻的手機裡，手機記憶體不夠沒關係，還可以存在雲端上，在我的電腦旁，兩塊大大的硬碟隨時備份，我是有事嗎？怎麼感覺比攝影師還專業？！有了智慧型手機、社群網站，現在拍照更方便，分享更即時，可是照片沒有洗出來，老娘我就是不爽！我這個人就是喜歡找麻煩！

我認為美好的回憶應該老派地被保存下來，*Photo Books 讓我用更活潑的方式創造自己的故事！*全家旅遊的精彩記錄，一張張

的照片手機，再怎麼滑，還不如集結成一本印刷精美的相片書要來得生動，只要上網上傳照片點點滑鼠，DIY一本專屬自己的相片書其實很簡單，只是我這個人比較龜毛，吹毛求疵的個性往往讓我花上好幾天，甚至好幾個禮拜才製作出一本的量，對，這也表示了，製作過程中所有的進度，都可以被儲存下來備份在該網站的雲端上，所以一本相片書，妳可以慢慢、慢慢做～

接下來我要推薦的網站，提供user製作相片書編輯的方式五花八門， 從底色的選擇到亮面或是霧面的印刷效果，照片可大可小，呈現的方式可以單張或是拼貼，正擺或是斜放，各式各樣的插圖任君選擇，讓版面設計更加豐富，原來我也可以當平面美編！哈哈，沒錯，在編輯的過程中，該網站的人性化設計，會讓妳有此錯覺，即便是電腦白癡，都會自我感覺良好！琳琅滿目的選擇完全客製化，現在妳知道為什麼一本Photo Book可以讓我做那麼久了吧！當然，他們也提供了多款的制式公版，他聰明我傻瓜，user只要直接把照片套進去，前前後後幾分鐘的時間，一本相片書美輪美奐的排版即刻呈現，妳只需要付錢購買，等待印刷宅配，愛現給朋友看，說是自己設計的也不為過～

該網站的前身隸屬柯達企業，在被併購之前我就是死忠user，現在網址是shutterfly.com，網站跟我沒關係，他們也沒有付我錢，反倒是我消費了好多錢在這邊，真心大力推薦！除了相片書之外，還有其它印刷系列的商品，非常之多，大家可以上網慢慢逛，這個網站唯一的缺點就是不能打中文，至少我沒有試過，深怕相片書的圖說打出來變成鬼畫符，沒關係，媽媽們不要怕，ABC簡單打，製作出一本感覺很洋派的相片書也不錯啊～

Shutterfly還有許多姐妹網站，可以印製結婚紀念品、伴手禮、個人風格的明信片、賀卡……等，都非常好逛，本人就印了一堆有打Janet Lee字樣的謝卡，超萬用！除了T恤、馬克杯能夠把寶貝蛋可愛的臉印上去之外，舊蓉在此分享幾個曾經做過、迴響不錯以及每年必做的商品，供媽媽們參考～

相片磁鐵：話說這是我十年前第一個製作購買的商品，我們家哥哥未滿一歲的嬰兒洗澎澎照，黏在冰箱上，這種東西送給婆婆媽媽最開心，不佔空間，每次開冰箱都可以看到乖孫兒的照片。

兒子的滿月卡、小孩生日趴踢的邀請卡，這些我通通做過！以及聖誕節全家福賀卡、全家福日曆，每年必做！

最後，我個人認為做過最好玩的客製化商品……聖誕樹裝飾吊飾！我把全家人的大頭照一一掛在樹上，連我們家的黃金獵犬都上去了，那年的聖誕樹感覺格外溫馨～

舊蓉 報好康

國內也可以訂做相片書

Shutterfly來自美國，網站全是英文，宅配到台灣需要支付國際運費，覺得不方便的人，舊蓉建議妳另一個本國網站hypo.cc，蘋果電腦的user可以先使用iPhoto編輯企劃，去hypo.cc下載外掛程式建立帳號，就可以直接印刷自己設計的日曆、相片書囉！
Have Fun！

盯兒子洗澡好辛苦

兒子們大了,開始會自己洗澡了,我也終於擺脫捲褲管彎腰替兩個臭小子搓腳丫的苦日子了!

針對這一點我真的要感謝老公,因為是他,教會了兒子們如何自己洗澡,從怎麼讓洗髮精起泡泡,怎麼洗小啾啾,連耳背後面的死角都沒放過,我只能說老公真會教!畢竟小男生沒有割包皮,容易藏污納垢,老娘我這輩子也沒長過包皮,我怎麼知道怎麼洗?!所以啦,這種男人的事,一切交給men's talk去處理啦!

老公教會了兒子如何洗澡後,老娘有比較輕鬆嗎?有是有,但是尚未完全脫離苦海的邊緣啊!我現在可是站在那邊邊上,一腳濕一腳乾……

回想起自己小時候,不是大約小四的年紀就會自己洗澡了嗎?怎麼我的兒子們都過了十歲,還要人監督?!不過,仔細回想自己小學時代洗澡的方法,好像也都是不及格,每次為了趕時間都只是洗重點,嘎吱窩、臭腳丫、女孩子噓噓的地方隨便搓一搓敷衍了事,嚴格講起來,個人衛生習慣還真差啊!我記得到了小六時還常常拿墊板跟同學比賽,比什麼呢?比賽誰搓出來的頭皮屑多!我的天啊,我人長得漂漂亮亮的,怎麼那麼噁?!後來好像一直等升上了國中,才開始懂得要愛乾淨、個人衛生習慣漸漸改善。所以說啦,小女生都會這樣,更何況是小男生?家裡有兒子的娘一定都知道,孩子放學後回到家,腳丫子一定是臭的,吃飯

的時候嘴角有油一定是用手背擦的，挖出來的鼻屎也一定是隨便彈的！挖哩勒，你以為你是楚留香彈指神功啊！那到底面紙是用來幹什麼的？讓我告訴你，等到有一天孩子開始出現會使用面紙的「文明行為」時，那即將又是另一個挑戰的開始，因為家裡會有永遠撿不完的「餛飩」！

做媽媽的，永遠無法放手放心！

話說我有一位女朋友，她的兒子已經十二歲了，雖然天天都是自己洗澡，但是由於兒子沒有割包皮，平時為了求快洗戰鬥澡，久而久之就在某一天，兒子因為尿道炎發高燒，自此之後為娘的每週一次例行檢查免不了，外加來個「深層去角質」，天啊，這跟每個月把狗送到寵物店「大美容」有什麼兩樣！難怪人家說，眼不見為淨，沒看見還好，如果在旁邊盯場，小孩子的洗澡方法，真是會讓大人心急如焚，每次光出張嘴還不夠，最後還是得跳下海幫忙洗！

雖然說我們家兩個小傢伙，越洗越有模有樣、越洗越乾淨，但是就算發號施令也是讓馬麻我很頭痛！每天都在上演同樣的戲碼，放學回到家，應該是全家人與時間賽跑，偏偏趕進度的只有我，永遠不緊張的兩個臭小子，可能白天在學校悶壞了，回到家彷彿是脫韁的野馬，總是一個口令一個動作，我叨念著一成不變的台詞：「要大便的趕快去大便！大便完趕快洗澡，洗澡完趕快吃水果！待會家教要來啦！」真的，你要我倒著唸我也能倒背如流～ 一會兒我要盯著爐火上燒的菜，一會兒我要去突擊這兩個小子到底有沒有在認真洗澡，有時候我一轉身，兩個臭小子便抓了一大堆玩具往浴缸丟，開始拿水槍互射，有時候戴起蛙鏡假想自

己在大海裡浮潛，有時候整間廁所被他們玩水玩到濕得不像話！每一天的傍晚時分，我就是這樣，廚房浴室兩邊跑，兩邊叫！喉糖廣告應該找我做代言人才對！天氣冷，還要確定兒子們頭髮有沒有吹乾，有一次我心一急，搶過吹風機要幫小兒子吹頭髮，手一伸進去，怎麼頭髮摸起來都是滑滑油油的！原來弟弟把潤絲精錯當成了洗髮精，可想而知就是重新再洗一次頭！shampoo and conditioner兩瓶長得都很像，小兒子傻傻的分不清楚，我可沒有那麼無聊，還備有潤絲精讓兒子護髮，潤絲精是馬麻我的，後來我學聰明了，為了節省時間兄弟倆分開洗，一個在我房間，另一個在他們自己的房間，避免玩在一起，如此一來也讓我多了一個地方跑，**廚房─我的浴室─小孩的浴室─廚房─我的浴室─小孩的浴室─廚房─我的浴室─小孩的浴室……鬼擋牆的跑！**

所以說啦！孩子們長大了會自己洗澡好是好，可是**監督也是門苦差事啊！**

臭小子偏偏喜歡來我的浴室洗澡

我們家主臥室浴缸是大尺寸，兩個小鬼特喜歡來我這邊泡澡、自備玩具來打水仗，每次都泡到腳趾、手指皺皺的不亦樂乎。尤其他們很愛把廁所搞到淹大水，搞得像是水壩洩洪，老娘我跪在地上擦不說，最怕這兩個臭小子亂用我的高級香氛沐浴乳，好像不要錢似的狂壓，壓到我的心都在滴血呀！重點是兩個小鬼洗完澡出來一身粉味，濃濃的玫瑰香味，未免也太娘了吧！

小男生放學回家，一定是起司頭＋酸腳ㄚ，可不要低估小學生的威力，臭起來真的是要人命，「趕快去洗澡，才可以跟我親親抱

抱！」，這是我每天在跳針，重複叨念的台詞，馬麻的花香沐浴乳不夠man，把拔的薄荷洗髮精又太辣，蒨蓉我終於找到適合全家人的洗髮露&沐浴露啦！從日本原裝進口的品牌ATORREGE AD+洗髮露&沐浴露，全天然植物潔淨成分，弱酸性溫和配方，適合任何膚質，敏感性肌膚及濕疹肌膚均適用。像我們家的把拔頭皮容易長青春痘，屬於油性頭皮毛孔容易阻塞，換過許多牌子的洗髮產品，效果都很有限。哥哥的皮膚容易起紅疹，屬於敏感膚質，為了全家人的健康，我一定要挑選成分天然、未添加化學物質、不含傷害皮膚成分的產品，讓全家人都可以安心使用。

呵護全家人肌膚的舒眠雙寶：AD+飄逸柔順洗髮露&高效保濕舒緩沐浴露

其實我一直對日本製造的高嚴謹和高要求有非常好的印象，我仔細檢查過AD+的成分表，無添加多餘的化學成分，自家原創的優質配方，隔絕有害肌膚與健康的化學成分，並且嚴選無雜質最天然的植物原料，所以AD+沐浴跟洗髮的產品，大人、小孩、老人和孕婦都能使用喔！天然的氨基酸能夠有效舒緩敏感肌兼保濕，還會在肌膚上形成保護膜，預防乾燥，夏天時都不用擦乳液呢！現在我們家的瓶瓶罐罐已經被這兩瓶給取代啦！

AD＋洗髮露&沐浴露含薰衣草香氛，可以讓身體藉由洗澡洗髮放輕鬆，舒緩緊張情緒，很容易讓人沉迷這舒服的味道，對於兩個容易過high的搗蛋鬼，洗個澎澎讓他們calm down下來，馬麻我也能長聲一個「嗚撒」，一夜好眠～

聰明媽媽的妙招

1. 小孩泡貴妃浴，媽媽圖個45分鐘輕鬆

讓小朋友自己洗澡，就跟黃金獵犬看到水一樣，他們會跟你玩水玩到沒完沒了，像我們家的規定，只能在週末泡澡，馬麻我會拿出兩個法寶，沙威隆& Mr. Bubbles！香香的沙威隆可以殺菌去除異味，有泡有保佑，多少加一點讓我心安，臭男生的酸腳丫真的「比較」不臭了！而另外一瓶Mr. Bubbles！要到進口超商才買得到（或是PC Home網購一大瓶399塊），讓人嘴角上揚的泡泡糖香味，專門用來巴結小朋友，重點是僅需小小的用量，可以打出媲美沐浴乳廣告裡綿密又豐富的泡泡，小孩子泡在裡面開心得不得了！每個週末到了泡澡時間，兄弟倆超開心！泡澡是一個很好的談判籌碼，可以跟小孩談很多條件～ 現在連我們家的弟弟都號稱自己是打「泡」高手，真的，看著弟弟熟練地用蓮蓬頭打出一缸子的泡泡，馬麻我心裡暗自O.S.： 還好他目前還不懂另一個打「炮」的意思⋯⋯

2. 媽媽如何確定兒子的小啾啾有沒有洗乾淨，彎下腰聞

真的，家裡沒有外人，不用怕丟臉！其實不分性別，重要部位如果沒有洗乾淨，後患無窮！生女兒的媽媽也會跟我抱怨，女兒回家一脫褲子，內褲上一片黃就算了，妹妹處還時常卡著一坨衛生紙⋯⋯我們家兒子的命根子到底有沒有洗乾淨，如果老娘我沒有彎腰下去聞，光用肉眼看before and after還真分不出來，after（洗乾淨）沐浴乳香味，before（洗澡前）熏死人的尿騷味！！

3. 拿出計時器，讓孩子有效率的洗澡

講到這裡，我又要謝謝老公了！每位家長都希望孩子洗澡洗得快又好，

督促孩子洗戰鬥澡，計時十分鐘！

如何讓孩子自己洗個確實又乾淨的戰鬥澡，前面幾次父母陪伴練習很重要，像我們家把拔完全是以軍事訓練的方式，口頭上先用慈父口吻曉以大義後，再用嚴父臉孔以愛心小手作為威脅，配合計時器，洗一個澡從剛開始的十五分鐘，到十分鐘，後來縮短到八分鐘，孩子們甚至會自己拿出計時器，想要刷新紀錄，或是兄弟倆之間還會互相比賽，看誰洗得快！

這樣也好，往後如果孩子們參加五天以上的夏令營，我也不用擔心兒子們回家的時候，尿道會髒到卡住了！XD

4. 沐浴巾省很多錢

一瓶國產沐浴乳雖然不貴，但是每次洗澡看到兒子們在那邊沒有概念的狂壓，真是浪費！訓練孩子們使用沐浴球或是沐浴巾，不僅節省沐浴乳的使用量，搓出來的泡泡更多，洗澡反而可以洗得更乾淨，尤其是沐浴巾打來嚕拉拉，還能讓孩子享受自己搓背的快感，平價的日常生活小物，馬麻我大推！

珍惜親子共浴時光

最近的我面臨到一些比較尷尬的情形，家裡的小朋友大了，開始會分辨男女生理特徵上的不同，連我們家哥哥都開始長腿毛了！我開始詢問周圍的朋友，到底可以跟小孩洗澡到幾歲？大部分的人，尤其我有一些老外朋友，都告誡我不能再跟兒子們一起洗澡了！

私立學校功課多，每天放學回家，我都督促孩子們速速洗戰鬥澡，限定洗澡時間，但是如果老娘我一不盯緊，兩兄弟開始玩水，拖拖拉拉浪費時間就會拖到寫功課，然後delay到上床睡覺的時間，發育期小朋友多睡才會長高，所以平常週一到週四，家裡的規定是只能shower嚴禁泡澡！只有在週末才能享受放輕鬆的泡泡浴。

兒子們也常常撒嬌要跟我一起泡澡，每次母子三人擠在同一個浴缸裡，這種親密溫馨感，讓大家格外開心。*哎，要怪就只能怪我自己身材太好（臭屁）！*兒子們已經開始注意我前凸後翹的身材啦！於是乎我也開始產生疑慮，男女有別，到底跟兒子們洗到幾歲我要喊停？幾乎每個朋友都說，妳應該要停止了。最近，我們家的兔崽子開始會出現一些習慣動作，我穿件內褲在刷牙的時候，兒子經過竟然會過來摸一下我的屁股，那種感覺就像是，男女朋友之間，摸一下、捏一下的情趣。三不五時他們總是冷不防鹹豬手吃老娘豆腐，摸屁股、捏大腿、親手臂啦這些習慣動作，老娘我心頭上甜蜜歸甜蜜，但是我不得不開始想，是不是，該停

止與兒子坦誠相見了呢？

其實啊，親子共浴的時光除了這一點讓我有顧慮之外，其他都是非常甜蜜愉快的，兩個小傢伙長得很大了，有時候泡澡只是意思意思一下，陪他們坐一下，一起洗完澡之後，幫他們擦乳液啊吹頭髮這些瑣碎小事，都會讓我很開心。我自己也知道，他們這樣子再跟我洗澡也洗不了多久了；我很清楚我和小孩之間，勢必有一天要有所隔閡了，而那天也快來了，在那天來臨之前，我要珍惜現在彼此還有那樣親密的感覺。每次週末一聲令下，*看到他們耶耶耶又衝進來浴室打水仗，看到這種單純的快樂，我更珍惜每一次跟他們洗澡的快樂時光。*

包皮割不割

**今天晚上我在幫小兒子剪指甲時，弟弟耳提面命的提醒我：
「馬麻，妳不要剪太深喔！要不然會像割啾啾一樣痛喔！」
我一聽心一驚：「什麼割啾啾？你的啾啾被割到了嗎？」
「不是啦，是把拔說如果把啾啾前面的皮割掉會很痛，但是應該
過幾個小時就好了！」**

喔～這下我聽懂了，原來剛剛父子兩人一起洗澡，老公趁機教
育，告誡兒子包皮一定要往下拉，啾啾才會洗乾淨，要不然啾啾
生病要割啾啾會很痛！這個傻小子，割包皮哪會幾個小時好，成
人要好幾個禮拜才會恢復吧！弟弟的童言童語讓我莞爾。

知道是懷男寶寶時，要不要割包皮，我想是許多準媽媽們會面臨
到的難題，包皮到底要不要割，老一輩的人會說一定要割，要不
然藏污納垢多噁心，但是現今如果妳去諮詢婦產科、小兒科醫
師，他們通通會建議不要割！為何不要割？原因待會我再解釋，
就因為我決定不割，兩個兒子都沒有割包皮，老公為了這一點很
不爽，女性友人還問過我：「如果是妳自己在交男朋友，妳會不
會希望對方是有割包皮？」廢話，女生站在保護自己的立場，當
然是希望面對一個割得好好的，乾乾淨淨的龜頭啊！可是我自己
生的兒子，站在母親的立場，我選擇不割！

大家都知道，如果新生兒要割包皮，最好在剛生下來一週內就
割，嬰兒恢復能力快而且也不會記得，但是妳說他不痛嗎？根據

婦產科醫師的說法，嬰兒不是不痛，是痛到昏過去了，在被割的時候，嬰兒只會哇哇哭，根本無法表達自己有多痛，哭累了就昏睡，嬰兒只要一不哭，當下對於爸媽而言，這場令人揪心的苦難也就結束了，家長落得輕鬆，包皮割掉了好方便，避免以後發炎的困擾，對於小男生來說則是先割先贏？錯！如果妳是這樣想，那妳就大錯特錯！

什麼樣的人需要割包皮？並不是天下所有男性都要割包皮！包皮太長的人才需要割！在某些地區因為宗教、因為某種習俗有割包皮的傳統，但是上帝造物，給你包皮目的就是要保護龜頭，適當長度的包皮是好包皮，家長們不要因為害怕清洗上的麻煩就嫌他壞，人家還沒有機會長大就被判死刑，過長的包皮則是壞包皮，會增加尿路感染、龜頭發炎的機會，小兒科醫生有說，如果要割包皮的話，也應該等在青春期後，除非是在孩童期，包皮過長導致反覆發炎、發燒等情形，嚴重症狀者，才考慮給予手術治療。

在台灣大部分新生兒割包皮的執行過程，是由護士or醫生在嬰兒的龜頭上蓋上一種類似像小罩子割包皮的工具，這個道理就像一枝筆放進削鉛筆器一樣，靠感覺轉兩下就把筆拿出來了，也就是說，包皮割多割少，割好割壞，沒有人知道，可憐的嬰兒痛個半死，還要等上好幾年，才知道這一刀有沒有割好！

包皮如果沒割好會怎麼樣？割太多，恐怕影響陰莖發育，往後啾啾長歪歪，割太少，白挨一刀，未來還要再割一次！也就是說，剛出生才七天大的嬰兒，你怎麼知道他的包皮是長是短，是好包皮還是壞包皮？帶把男丁是我生的，以後兒子的老二是大是小，是直是歪，聽天由命，但是命根子的健康可不能敗在我手上！

我的好萊塢夢碎

想幫孩子好好打扮的心情,我想每個新手媽媽多少都有,只是幻想症的程度有別。畢竟,看到好萊塢女神們抱著或牽著打扮可愛的星寶貝一起上街,那畫面是多麼的夢幻,誰不會羨慕呢?孩子,就是媽媽最佳的時尚配件。幫孩子添購有型有款的行頭,就是幫自己的時尚形象加分啊。

我的好萊塢大夢～一切都是虛榮心在搗蛋

咳咳(清喉嚨)!把一堆媽咪拖下水,其實我要說的是,我這位以時尚女星自詡,輸人不輸陣的馬麻呢,在當年就是屬於重症級的幻想症患者啊!遙想當年,懷第一胎時,孕肚都還沒蹦出來,我就對老公時不時的撒嬌:「*親愛的,可不可以讓我飛出國,買我們寶貝小王子的衣服……拜託拜託嘛(請搭配裝萌小狗眼)。*」沒辦法,除了虛榮心外,當年買童裝不像現在有Zara、Gap……這些好看又平價的牌子可選來幫孩子治裝,想要讓兒子穿得獨一無二,就只能往國外飛。

老公當時被我盧到只好點頭,生意人如他,要我拉出預算來,還記得當初抓了20000台幣,想說買買包屁衣這類嬰兒服……醬應該夠了吧。沒想到,到了日本當地發現,不少精品品牌都有日本限定款(P.S.其他國家買不到),讓我一整個「蓉」心大悅,越買越爽,最後預算double到40000,不過想著心愛的兒子在「台灣北鼻界」可以獨領風騷,一切都值得!

多麼痛的領悟！現實的震撼教育

購物慾這把火，就是一點星火即可燎原，本來老公以為我去日本後就甘願了，沒想到老娘我最後在產前又和姐妹淘衝去香港買了一堆哩哩摳摳，這一燒又是30000，印象中最灑狗血的是一雙要價近8000的Gucci麂皮童鞋，純裝飾完全不實用，不能落地又難照顧，但當下心中的惡魔就是戰勝了我：「我是大明星！老娘就是要兒子的第一雙鞋是名牌！」

大兒子出生後，一暝大一吋，在孩子的成長過程中，我逐漸明白，新生兒三個月前，就只是靠一塊布、手套和腳套包來包去而已，名不名牌都只是一塊布，而且也不可能每天都帶著「這顆粽子」，出門獻寶。但還是無法完全放不下自己的虛榮心，孩子六個月後可以帶出門趴趴走時，我還是敗了數條名牌嬰兒毯，唉呦，一想到抱著孩子和姐妹喝下午茶時，毯子的一小角，能露個名牌logo，光這一幕，我這愛現的老媽子，就能嘴角上揚個老半天。

真正的看破這一切虛幻，是在兩個兒子上幼稚園幾年後，我發現每天把孩子打扮得像王室小王子，他們回來還是一樣會弄髒，搞得一蹋糊塗，根本看不出我的精心治裝。而且你怕他感冒你盼他變身多層次小型男，但他們就是不喜歡披披掛掛的衣服，一件式搞定是最愛，不斷的你勸他穿，他死命的脫，也只是歹戲拖棚，浪費彼此的時間，磨掉親子間的好感情。說到底，他們上學是有狗仔會跟拍嗎？到底有誰會看啊？講白了就只是老媽子的虛榮心在作祟！

感謝老天爺！當年沒有FB，我也沒有生女兒

現在看很多媽媽朋友在臉書上天天分享小孩大小事，幸好當年沒有facebook，也沒有生女兒，要不然蒨蓉過去的失心瘋，學費鐵定會爆錶。Anyway，白花了學費數年後，老娘終於決定放下，孩子的衣服只要合身舒適、耐洗、耐髒，冬暖夏涼就OK了。至於虛榮心呢，人嘛，愛現的心，多少還是會有，與其錯放兒身上，不如花在天天出門辛苦賺錢、回家還要當女傭的老媽子身上……

對！就醬決定了！老娘我穿Chanel，兒子穿Zara！

井蛙女星～慘敗！

關於名牌童裝的偏執，我早已放下，孩子穿平價衣很OK，但我還是有死穴，覺得運動鞋不需要是精品，但至少要是叫得出名的運動品牌吧。

於是乎，從孩子上幼兒園開始，我買給他們的鞋都是有一個勾，或是三條槓的品牌球鞋。直到那一天，品牌運動鞋的童鞋最大尺寸，已經套不進孩子的腳，甚至要穿到成人女鞋的最大號⋯⋯但兒子穿女鞋實在很尷尬，終於我慌了，拉下面子問老公：「親愛的，兒子長好快，買不到童鞋了，怎麼辦？」

沉寂多年，對我為孩子治裝，從不插嘴半句話的老公，開口第一句就殺傷力很強：「妳為什麼要一直為孩子買名牌鞋？！」

心虛又嘴硬的我：「為什麼不，半年才一雙OK啊！」

老公不假辭色的繼續：「妳太不食人間煙火了！市面上有那麼多種球鞋，為什麼一定要有品牌。妳有沒有認真想過，其實孩子現在很單純，能跑來跑去玩得開心就好，根本不在乎什麼品不品牌的。但妳的堅持很可能打開一扇窗，讓他們開始產生虛榮心，甚至想和同學比較。這樣對他們品格的養成，是福還是禍？！」

啞口無言的我，雖然心裡狂讚老公有智慧，但還是不甘心：「那你說，要上哪去找孩子的鞋啊？」

二話不說，老公就帶著我和孩子，來到了大賣場，我心裡犯滴咕：「拜託，這是我三天兩頭就跑一次買菜的地方，有賣小孩的鞋子嗎？（平常直奔生鮮區，確實有忽略的可能性）」

老公拉著我的手，轉了一個彎，在我眼前頓時出現了一整片的童鞋，各式各樣，琳瑯滿目，當下我傻了，心想：「天啊！我輸了！真有這種地方。」

但怎麼能輸，放不下自尊心的我，嘴賤的挑釁他：「不行！太聳了！」

沒想到，下一秒不配合老娘演出的兒子們，一看到心目中的偶像，出現在鞋子上，眼睛一亮，興奮地大叫：「哇！是忍者龜耶……好棒喔……還有火影忍者、航海王……」

沒有跟我打舌戰，老公光用眼神示意「妳看吧！」，我就知道自己徹底的輸了！

孩子的快樂是用錢買不到的（他們穿品牌運動鞋都沒這麼興奮過），更何況這些鞋子其實一點也不聳，只是當時我不認得這些卡通人物而已，而且每一雙都有氣墊，孩子穿起來很舒適，只要500多台幣就搞定，真是家長的福音。此後，我們每一季來大賣場一次（男孩子的鞋，耗損得特別快），幫他們各買兩雙一深一淺的球鞋，這樣不管今天穿什麼，都有鞋子可搭配，不但實用，又能讓愛時尚的馬麻看得順眼，真好！

無所不知！老公是「鞋通」

兩個兒子讀要穿制服的私立學校，一學期鞋子有發兩雙鞋，白球鞋和黑皮鞋。本來我這老媽還傻傻的，孩子鞋子穿壞了，想說要符合規定，就到學校福利社乖乖買一雙2000多塊的鞋子。後來漸漸發現其他同學穿的鞋，和制服鞋同色但細節還是略微不同，才知道原來學校不會管到那麼細，只要球鞋是純白的，皮鞋是純黑色的就可以過關。

大賣場的童鞋通常都有圖案，正在傷腦筋上哪兒買沒有logo、沒有卡通圖案，素面的鞋時，我那位幫自己買鞋只挑好鞋的愛美尢，不只知道精品旗艦店、百貨公司、大賣場，竟然還知道有全家福這種平價鞋店，各種各色的素面鞋，分不同功能大陣仗排開讓你選。想符合校規又想省錢的家長們，不想花大錢，來這絕對可以花個幾百塊就能解決制服鞋的問題。

別為了虛榮心，打壞孩子的價值觀

自從老公接二連三的震撼教育，讓我俯首稱臣後，現在孩子要買鞋，都是爸爸帶著去平價店。只有在去年暑假，帶兒子到美國兩個月時，一時興起，想說美國的運動用品店真的有很多台灣買不到的鞋，為了讓他們高興一下，某天下午我就說：「走！買鞋去，今天媽咪送你們球鞋！」

孩子們平常喜歡和爸爸一起看NBA，對球星各個如數家珍，一進到美國運動用品店就像進寶山一樣，驚呼連連，花了很久的時間才在五花八門的球星聯名鞋中選出自己最愛的那一雙，最後雀屏

中選的是麥可喬登和小皇帝詹姆斯。結帳刷卡時，自己也逛到暈又慢半拍的老媽子才被簽帳單嚇到：「不會吧？兩雙鞋竟然要價近10000塊台幣！」但因為是自己提議要送鞋，加上看到孩子們那渴望、發亮的眼神，真不想讓他們失望，還是忍痛刷了下去。

回到台灣忍不住跟老公小抱怨，怎麼在美國買球鞋那麼貴！這一說換來一頓碎碎唸：「吃米不知米價！妳好歹陪在他們選時，先看一下價錢再決定啊！要讓孩子有正確的價值觀就是要從小事著眼。」

其實我挺感謝老公的，雖然禍是我闖的，但善後卻由他收拾。相當重視品格教育的他，接著把孩子叫過來，平心靜氣的說：「這一次在美國買的明星球鞋，其實並不便宜喔。那是因為馬麻很愛你們，加上難得去美國一趟，買一雙台灣買不到的鞋作紀念是OK的。但這並不表示以後你們每次買籃球鞋，都要挑超級球星的聯名鞋。真正厲害的球星不管腳上穿的是什麼鞋，即使是便宜的鞋，還是可以表現得超強。鞋子貴，並不代表你就能打好球，也不值得在學校炫耀，了解嗎？球場上的實力，來自不斷的練習和運動家精神，這才是最值得驕傲的。」

當下聽著老公那一番精彩的小演說，讓我不禁好慚愧又好佩服。是的，我們大人常常因為寵愛孩子，就忘了「機會教育」的可貴！孩子學到一課的同時，我也反省了自己一遍～

別再讓自己的輕忽或虛榮心，帶孩子在物質世界中迷了路！

精明馬麻！
愛兒治裝密技大公開

在繳了一大筆學費，了悟、放下了媽媽的虛榮心之後，我在孩子治裝這件事上就省下很多銀彈和心神。兒子和同學撞衫無所謂，舒適耐穿才是王道！

不過呢，蒨蓉目前幫孩子買衣服，多半還是在國外網站上添購。為何要如此大費周章，國內不就有很多好看好穿的平價童裝？

理由很簡單，因為我家兩個兒子，都不是好買型的標準身材，一隻超壯，另一隻則較為瘦小。大兒子比同年齡、同身高的孩子還要壯，胸肌和腹肌都驚人，依一般的大號尺寸根本塞不下，腰圍和胸圍都會超級「卡」，硬穿下去，孩子會覺得很不舒服，動彈不得，無法享受自在走跳的生活；但若是買大兩號的尺寸，穿起來這裡要捲，那裡要收，整體看起來就像是穿布袋，多不稱頭啊！小兒子呢，剛好相反，比同年齡、同身高的孩子還要瘦小，市面上的小號穿在他身上，不是褲子超鬆掉下來，就是套上後飄啊飄的。唉，雖然老媽子不求兒子衣裝帥到掉渣迷死人，但至少要人模人樣，一表人才啊。基本美感和孩子的舒適度都要兼顧！

愛兒心切也愛時尚的我，一路網購、國內外各市場比較過來，不得不說，國外的童裝很貼心，尺寸齊全到讓做媽的我好感動，妳知道嗎，連巴掌大的早產北鼻，都擁有自己的尺寸；更別說一般孩子的衣服了，連買條牛仔褲，同樣身高，除了有一般尺寸外

（regular），還有腰圍加寬的壯壯兒尺寸（husky），也有瘦小兒特別款（skinny）。大兒子穿husky，小腹不會被打壓，小兒子穿skinny褲襠不會過高卡襠，兩兄弟走跟飛一樣的自如，這才是真正的童年啊。

省超大！下手時機&愛牌名單

其實跨海網購的成本，不見得就比國內高；而且老實說國外的款式設計真的也比較多元，孩子喜歡的卡通人物也更多元，趁著打折時節下手（感恩節是第一波折扣季，聖誕節前則是瘋狂打折，聖誕過後更是一路殺到底），一定能撿到超多便宜！蒨蓉就常常撿到一件只要百元質感超好的衣服，甚至是原本以為只是一般羽絨衣，收到時卻讓我超驚喜……應該貴上好幾倍的滑雪大衣，真是賺到了。

公布一下，蒨蓉多年海外網購的心頭好名單，Gap、J. Crew、Old Navy、Urban Outfitters，不用擔心英文不好，無從下手，近幾年內地消費市場崛起，許多國外網站現在都已經有中文簡體版，購物流程、單品內容都有詳盡說明。

Old Navy在台灣則是已有官網，可線上購物，但折扣沒有美國深。台灣的Gap打折後會比美國原價便宜，但尺寸就不夠齊全，比如牛仔褲就只有依身高做區別，沒有細分到husky或skinny的選擇，服飾類的款式選擇也比美國少。想把兒子打扮飄撇一點，特別推薦J. Crew，它的款式，很多都是改造大人版型的迷你版，比如型男風衣或是好氣質又超保暖的cashmere毛衣。

蒨蓉大冒險！真心讓妳省

當媽後總是能省則省，不只要省單品價格，國際運費、海關關稅，能省下多少都是賺到！蒨蓉去年聖誕節大採購，買了約30件下殺的折扣衣，運費只付了2000多，平均一件成本不到100元台幣！還有更誇張的，我今天下單，竟然後天就收到國際包裹，出奇地快，比國內郵寄還要快。

這麼好康的事，蒨蓉一定要報給姐妹們知道！畢竟賺錢很辛苦，職業婦女同胞們更是全年無休，下班無酬的血汗工啊。

我的海外網購大省密技就是一家*美國集貨代運網站（www.spexeshop.com）*。網路上有不少類似的海外轉運服務，但規模小至個人，大到公司，很少有提供完整的客服，流程中也較沒保障。這一家公司由台灣人經營，網站全部中文化，而且在台灣有提供客服服務，任何問題，都可以直接打電話請他們處理。

海外集貨代運，並非代購，代購會收代購費，運費部分，賣家也不見得會幫妳省，關稅部分也要買家自行負擔。海外集貨代運則是，前端的購物流程由妳自己來，沒有代購問題或糾紛。它提供的是一個美國國內的地址，幫妳先省下美國國內運費（美國網站很多都提供國內免運），再來幫妳集貨，妳可以到任何一個美國網站購買商品，寄到這一個地址，它提供妳倉儲空間。

等妳買齊東西，想運回台灣時，上官網填寫代運委託單，他會幫妳整合包裹。通常材積與實際重量，會影響運費多寡，所以妳可以加附註請他們丟掉DM、鞋盒、不必要的包裝材等等其他加值

服務。而委託單上的金額、品名、數量都是自己填寫上去，再由系統轉成台灣進口清關的資料，他們會為妳處理報關手續，這邊需要注意的一點是，如果購買商品超過USD$100，就需要繳關稅給台灣海關，因此姐妹們，委託單金額可以寫購買的折扣價錢唷！

最後代運公司會提供運費報價給妳，再使用線上刷卡或是ATM轉帳，就可馬上出貨。流程其實很簡單，但卻能幫妳我省很大，每一步驟的細節，代運網站上也都有詳細說明，有興趣的朋友可以上網研究或是找客服詢問。

海外網購大省的結論就是，抓準時機下手，先賺到折扣的本金，再將運費省到最高點，海外購物並不會比國內貴，可能還更便宜。而且只要在電腦前動動手指頭，就能買到好貨，讓孩子穿的開心、合身又舒適；*省下出門逛街的麻煩與時間，多陪陪孩子老公，*多做點家務事，感覺是不是更踏實呢。

主婦就是要精打細算，不只要掐緊荷包，時間與心神也要花在「愛的刀口上」囉！

詢問度破表！
我家也有「It boy」小型男

我們家哥哥近視400多度，國小就開始戴眼鏡，市面上的兒童鏡框，老實說都一個樣，而且有點土，身為時尚老媽的我也不想讓兒子的四眼田雞，壞了他一身的好氣質。靈機一動，我的臉算小號的，和胖哥哥的臉其實差不多大，那不如就把我的TOM FORD鏡框，換個鏡片讓他戴戴看。

沒想到，兒子生平的第一副眼鏡，才剛上街不久就造成了「小轟動」。有一天老公返家興奮的跟我分享，我們家哥哥走在街上，竟然有路人上前來詢問：「你的鏡框好好看，是TOM FORD的嗎？請問在哪裡買？」頓時老娘心中好得意，我的虛榮心又佔上風了！我的省錢創意反而讓兒子變成「It boy」小型男！那天感覺自己在老公面前走路都有風了呢！哎，這輩子可能沒有辦法擁有打扮女兒的樂趣，就讓我enjoy這點小小的成就感吧！

Oh～NO！人妻女星的夢魘～老公比我更愛漂亮

有件事，是從婚後到如今這十幾年來，都一直讓我很傷腦筋！話說在一般人的世界裡，結婚後不都是男人原本很man、乾淨俐落的居家空間，漸漸的被粉紅色或蕾絲床單桌巾啊，或是愛美的瓶瓶罐罐、美鞋衣服……這些女人味的東西所填滿、佔據的嗎？

但在我家，這邏輯完全不成立，我被比我還更愛漂亮的老公打

敗，而且每一年都節節敗退，徹底認輸！家裡所有關於裝扮的空間，一眼望去就知道～他，才是虛榮鬼！開放式鞋櫃，這寶貴的領地，經過多年抗爭，我已全然放棄，全部讓給鞋子比我還多很多的蜈蚣腳老公，我的美鞋就醬一雙雙，裝撤退到黑暗的鞋盒裡。衣櫥大部分的空間也被「男人國」攻陷，幾乎都是老公和兒子的衣物。

你可能以為我至少在浴室瓶瓶罐罐的保養品中還有一席之地吧？！（*搖搖食指頭*）*no no no～大錯特錯*，我家老公不但會跟我搶保養品用，光是他的髮類產品就比我的美容保養品還要多，而且我還必須定期幫他補貨。

擁有各式各樣的髮蠟髮膜就算了，竟然還有每天早上起床專用，號稱能讓頭髮吹整後，頭形能變圓又飽滿的造型美髮水，我曾經質疑這類產品的效果（用自來水噴噴不就好了），老公竟然數落我這位美妝教主不懂，還說自來水會讓頭皮變臭。姑且不論他的理論正確與否，光是細分到不行的一拖拉庫髮品，和他的美容保養品，就增加了我日用品採買很大的負擔和壓力。

只能說冤家路窄，愛美遇到的死對頭，竟然是自己的老公，唉，就當這是另一種人生樂透，天降大任的稀有機率吧。

遙控孩子造型

人妻們應該都有同感，賤內＆老母在家裡的地位是很低的。老公和兒子是我的天，時間和衣櫃空間通通讓出來外，我還曾經是他們隨時stand by的造型師，從內褲到外衣天天配到好，落得自己每次出門總是最後一個set好，還會被唸：「馬麻，妳每次都最慢！」，無私奉獻莫若此。

孩子脫口而出的一句話點醒了我！想一想，真的不對耶，怎能養成小兔崽子們不知感恩的心呢！而且讓他們自己準備、搭配外出服，其實是學習獨立，培養美感很好的日常磨練。我幫他們全打

鯊魚兄弟包

點好，其實是剝奪他們成長的機會。

當然，小男孩對穿搭能有甚麼概念，別期待太高，但至少不要像棵聖誕樹紅配綠又金包銀那樣慘不忍睹吧。蒨蓉有個兩段式，簡單有效的作法和各位媽媽分享～

前端全控：「採購」由我全權掌控，專攻百搭色系，單品之間不要跳色太大，孩子就算亂抓一通都不會出錯。衷心希望久而久之，Like Mother Like Son，他們也會從我們的血拚哲學中，學到時尚感，找到色彩和款式的協調性。

後端微控：所謂微控就是「收納法」簡潔分明，讓孩子一目了然；之後如何搭配就全然地放手，讓孩子自由發揮。衣櫃按照功能性和季節性來分。上半身的長短袖各自一區，下半身的內衣褲、長短褲也分成四類收納；秋冬的衣服一區；春夏在另一區。

收納 有法寶

台灣天氣很潮濕，空間又小，我家老爺少爺的衣物又多，收納不處理好，不只佔空間，換個季衣服也會臭酸發黃。蒨蓉收納有三寶，「壓縮袋」、「除濕包」和「行李箱」。將過季的衣物、棉被和小包的除濕包收進壓縮袋，吸乾空氣後，將之放入不常用的行李箱，充分利用空間，還能兩層式隔離濕氣，隔年拿出來衣服不損壞，還會香噴噴（行李箱中記得放入大包的除濕包，利用Google日曆定時提醒的功能，最好每個月更換一次）。

rainy day!

星媽的兒子穿搭要有型，髮型也絕對不能漏氣！剃個美國大兵頭，潮味100分！夏天到了，兒子的頭好涼啊～

卡通睡衣童心！

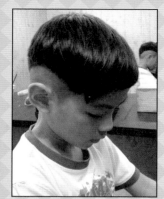

肥滋滋的小胖
哥哥v.s吃不胖
的瘦皮猴弟弟

如果我的兒子是gay

當今有gay friend很時髦！我們現在大都可以很大方自然，甚至驕傲的介紹自己的gay friend，因為他們獨樹一格、熱情可愛、他們的美感神經很時尚，他們的幽默總是讓滿桌子的人笑翻一整晚。但，如果我的兒子是gay，說老實話，我能坦然面對嗎？

這不是庸人自擾，我是兩個小男孩的媽，偏偏我家弟弟對女生世界裡的美麗事物，特別的感覺敏銳，非常懂得欣賞。他呀，會仔細看我如何用化妝品在臉上塗塗抹抹，會拿我的高跟鞋在鏡子前去穿穿看，而且如果我搽上顏色特別的指甲油，他都會用那閃爍著羨慕光芒的小眼睛，讚嘆的說：「哇～喔！媽咪妳好～漂～亮～喔！」這小古靈精怪，甚至還會小心翼翼的幫我梳頭髮！

天啊，誰來告訴我，這是怎麼一回事？！

對比之下，我們家的哥哥，對女生花花世界的一切就完全沒反應，跟他老爸一樣，看不出來我今天穿的有什麼不一樣，或提了什麼新包包。簡單來說，大兒子從小就看的出來很man，和小兒子的細膩柔軟，完全不同個性。

我曾經擔心地問過老公：「如果我們家底迪是gay怎麼辦？」
他一副不難解決的輕鬆回我：「So !?（那又怎樣？！）」
事情沒有這麼簡單！

我想同志的身分，不是選擇的，而是天生下來的性向。

誰會選擇一條比較難走、比較孤獨的路！

雖然，我是新時代的媽媽，但如果能夠選擇，我還是希望可以「打安全牌」！

我愛gay，我也支持同志一切的天賦人權應該跟異性戀一樣不該有所差別！但，畢竟同志是社會中的少數，我害怕的是，孩子在這樣的環境中，不管是在求學過程或職場上，會很容易遭受到歧視或排擠！我擔心的是，他若是gay，人生路上會過得比別人更辛苦。畢竟哪個媽媽不希望自己的孩子過的快快樂樂，無憂無慮。

話雖如此，萬一哪一天我的小兒子真的冷不防的給我出櫃了，我當然還是會一樣的愛他，**嗯，不～我想我會更愛他，給他更多的關懷與支持！**

望子成龍望女成鳳，是每位家長的心願，若我的兒子是gay，我期許他最後能站上一個讓自己發光發熱的舞台，受人尊重欣賞而非排擠壓抑。比如國際時尚圈或藝術圈中，許多受人推崇，才華洋溢的設計大師和天才，就都是同志啊！當然，只要他能有顆善良的心，當個有用的社會人，我也會同感驕傲！

每一個人都是獨特的個體，傾聽自己內心的聲音，你不需要為了跟流行硬當gay，你更不需要為了配合主流不敢出櫃，喜歡一個人重點是在他吸引你的個性特質，而不是性別。

拜託～我才是大明星Okayyyy

「女星」變「女僕」！
以為大明星在家都是被伺候的嗎？！老娘我就沒這個命啊！

我家老爺和少爺，都有男人的通病，襪子衣服亂亂丟，我每天都要彎腰幫著撿，還要不厭其煩的叨唸同一句話：「拜託～把臭衣服、臭襪子丟到洗衣籃裡！」這還只是指制服和日常服，至於那需要在陽台先風乾、消臭，抖掉灰塵再收進衣櫃的外套，沒有我這高級女傭殷勤、不時地又撿又掛又提醒，這群臭男人壓根兒不會記得放回衣櫃呀。

這種當女僕的日子，過得實在有夠膩，完全背道而馳我一向主張優雅的作風，不僅折損我的腰，也很傷我的喉嚨，更別說天天嘮叨，在心中累積出的可觀負能量了。某一天上網添購日用品，突然看到一個只要499元的衣帽架，造型簡單，而且咖啡色系，感覺和我家大門口的鋼琴搭得很順眼。指頭一點立馬下單，心也一橫，決定對大少爺們宣告，**老娘從今天開始，不幹女僕了！** 立馬嚴格實施自己歸位衣物的政令，決不寬貸！

厲行政令的頭幾天，孩子們雖然多有不耐煩，但也被我鐵血果決的態度所懾服，不敢不從，回家第一件事就是掛好衣物，我也不再有被臭衣臭襪絆倒或撿垃圾的怨氣了。三天過後，奇妙的事發生了，他們自己開始領悟到回家就把衣物掛在大門口的衣帽架，只要幾秒鐘，順手又簡單，而且隔天出門不用再浪費時間找衣

服，其實還挺不賴的！於是乎老爺少爺們，現在已心甘情願的養成了回家隨手收衣的好習慣。

想不到吧？！百元神器，竟然救了我的美聲和蛇腰！

這個happy ending還真的有點出乎我意料之外。仍在當女僕，身心俱疲的姐姐妹妹們，試試看蒨蓉對付家中大爺們的法寶吧！！

感謝499元衣帽架、花十分鐘DIY、解救我的美聲和蛇腰！

玩具如山，是福還是禍？

每年大掃除，我都會把兒子們的玩具拿出來，一一點名，總是有堆積如山，被玩膩的玩具，被他們不留情地喊：「不要了！」，好像一點都不懂得惜福。丟玩具像是在「丟錢」，讓辛苦賺錢的老媽子我，邊丟邊不爽。

這把火也讓我自省了一番，是不是平常太寵兒子，讓他們任意買玩具。也認清楚了，喜新厭舊是人性，玩具和流行一樣，年年翻新，孩子變心雖正常，但不能就此合理化，而是要讓他們學會珍惜和選擇的重要性。

我將玩具變成孩子幸福的對策，媽媽們參考看看：

當獎勵，增加學習動力。

雖然我們很愛孩子，但買玩具還是不能日常化，而應該是當成功課進步、或是幫忙做家事集點的獎勵。如果孩子想買比較貴的玩具，也要讓他知道必須付出相對的代價。比如前陣子大兒子很想買樂高，樂高的益智性很強，是不錯的玩具，但一組買下來要好幾千塊。於是我和他打商量：「這組樂高很貴，一樣可以抵好幾樣，你買了這個，今年聖誕節你就沒有禮物了。到時候你看到弟弟有禮物，不能不開心喔。」哥哥想想後，還是決定買了，而且他不但因此更珍惜這份玩具，聖誕節也遵守約定，完全不吵鬧。

生日禮物不要一次拆光。

教孩子學會收納，自己分類收玩具。

現在的孩子生日辦趴邀好朋友來玩，一次就會收到至少十個多至幾十個的禮物。如果一次拆完，不但驚喜感遞減，這個玩一下，那個摸一下就丟一邊，更不會懂得要珍惜。所以我會把禮物收起來，當天拆一、兩個就好，剩下的當平時的獎勵，也可以下次兒子去朋友生日趴時，轉送給其他小朋友。（媽媽要記得幫禮物和送禮人做記錄，才不會回送同一禮物而失禮）

不要再問我，玩具在哪裡？

教孩子學會運用收納盒和夾鏈袋，自己分類收玩具，學習為自己的大小事負責任，不要事事都依賴媽媽。另外，身為媽媽的同理心，我現在為朋友的小孩準備禮物時，也會挑選偏益智類的玩具，像是樂高、動動腦的書，自然科學的實驗型玩具，讓孩子不只是玩，還能從中習得知識，培養出自己解決問題的能力。

老公接送小孩的好意心領了

基本上，我們家小孩每天早上都是我在送上學，早上六點半我就起床了，做早餐、吃早餐、趕趕趕、催催催，七點半前要送他們到學校。偶爾我也會塞乃一下拜託老公幫忙送小孩，老公都會很體貼的答應。

不過前一天晚上，我會把所有事情都準備好，麵包拿出來放好，兒子今天音樂課，樂器先放門口，兒子今天要游泳，泳褲、毛巾通通要裝好，寫毛筆字也要把所有東西都準備好，現在開始，雖然我會訓練他們自己收，但是，不怕一萬，只怕萬一，第二天早上我還是會跟著一起醒，一邊揉著睡眼惺忪、一邊還在夢遊地說：把拔，哥哥今天要游泳，記得叫他帶游泳袋。

「拜託！小姐，他都這麼大了，他不帶的話，叫他不要游啊，活該。」

歪腰，你知道，我老公就是愛講這種話，雖然我知道他的想法是「妳要讓小孩子付出代價，下次他才會改。」但內心難免會糾結，對我而言，游泳袋我都整理好了，你只要記得盯他一下，記得帶出門是會怎樣！

所以我還是會打開房門對哥哥喊說：哥哥今天要游泳喔！然後再關上門繼續回去睡。

雖然不是我要下床，不是我要送小孩，但心裡還是有點懊賭小不爽，有沒有哪一天我可以一覺醒來，老公已經去上班，小孩已經去上學，早上十點鐘，萬事辦妥，老娘可以在家舒舒服服，不被任何事嚇醒。

其實我老公自己也會忘東忘西，我常跟朋友開玩笑，**我有三個小孩，我要盯小的還要盯老的，還要請老的去盯小的，你就知道我有多辛苦了**。有一次，我把哥哥的薩克斯風放門口，早上起床，老公已經幫我送完小孩，走到門口一看，薩克斯風，竟然還在！我腦袋突然「登愣」一聲，忍不住大笑起來，小孩忘了，老子也忘了，到底是怎樣，父子情深也不是這樣演的吧。

更妙的是，有次弟弟上課要吹笛子，我確定弟弟帶出門了，回家以後，換我開車，一上車就發現，笛子還在車上！一瞬間，腦中又響起那熟悉的「登楞！」小孩帶是帶出門了，卻沒帶下車。

老公那麼有心要分擔工作，我也不想用河東獅吼的方式責怪他，只好很委婉得跟老公說：「把拔，你知道嗎？每次孩子下車，我都會再回頭看看，有沒有ㄉㄚˋ掉什麼東西，以後可以轉頭看一下～下～喔～」

兒子們忘記帶東西去上學的戲碼，相信不只是我，大家都經歷過。有一次特別扯，哥哥忘記帶鉛筆盒上學，一大袋放桌上，我當時心想：也不是重要到非得送過去不可。以前，我會幫他們送聯絡簿、課本到學校，後來想想還是算了吧，常常這樣，他們永遠不會學到獨立、學到教訓，老師處罰他們罰站罰寫，就是要讓他們學著承擔後果，所以拍了張照片po在臉書碎碎念說：「你

看，兒子什麼時候才會長大？今天又忘了帶鉛筆盒上學。」

好啦！這下我的母親李媽媽看到了，立馬打電話給我，「妳要送去給哥哥啊，不然他怎麼上課。」你知道，婆婆媽媽就是愛緊張，我回答她說：「沒關係啦！也要學著自己長大，筆再跟同學借就好。」李媽媽聽得出來，本小姐我不想再囉嗦，也就沒有再打來，沒想到幾分鐘後又傳簡訊說，她剛好在附近，要不要把鉛筆盒給她，讓她送。我說，媽！不用麻煩了，沒關係！

這下可好了，等哥哥一回到家。

「哥哥，你今天忘了帶什麼」

「什麼？」

「鉛筆盒啊，都沒有整理好書包。」

「沒關係啊，我有。」

「什麼？難道你有兩套？」

「沒有啊，外婆把她的鉛筆盒給我了。」

oh my god！氣死我～

這種時候你又不能罵自己媽媽，我有我的原則，但婆婆媽媽不能配合演出，也只能自己氣得牙癢癢，沒輒！

擦一雙鞋30塊

「把拔，今天我們可以擦鞋嗎？」
幾乎每逢週末我們家的小孩都會提出這樣要求。

你一定覺得好孝順喔！我呸！這兩個臭小子是吃飽了撐著嗎？天底下當然沒有這麼好的事情，在我們家擦一雙鞋可以賺零用錢30塊，有時候看到豔陽好天氣，孩子們還會對爸爸提出洗車的要求，是滴，洗一台車可以賺100塊，兄弟兩人對分，一人獲得50元，還可以光明正大的玩水，多開心呀！這可不是虐待童工，每次洗車的時候老公跳下海跟著一起洗，看著三個男人同心齊力伺候著我的車，如此美好的親子互動畫面，站在一旁衣服乾爽也沒流一滴汗的我，根本就是微笑到嘴角逼近耳根！孩子覺得好玩還有錢可拿，比我更開心！

由此可知，**培養孩子們的打工經驗，建構付出勞力，賺取金錢的正確價值觀，就從家裡開始。**不過，當然不是每件事都有「價碼」，看父母給多少，孩子才願意做，親子之間開始談條件，反而變成反效果，我個人覺得像是收碗盤、倒垃圾這些基本動作，算是本分，即便我說破了嘴，每次依然要不厭其煩的提醒孩子去做，另外像是收拾玩具、臭襪子不可以丟地上、脫下來的髒衣服丟洗衣籃⋯⋯通通都是孩子們該做好的份內工作！媽媽們，不要怕跳針，唸到口乾舌燥還是要給它魔音穿腦的唸！孩子們在不懂的時候是被動的，懂了以後也不一定會主動，要讓他們知道，唯有自發性的行為，才能避免我們黃臉婆式的碎碎唸，如

此失優雅、不時尚的行為，聽起來好像很可怕，但是現今茶來伸手、飯來張嘴的小屁孩，實在是太多了，令人討厭！尤其許多有外傭幫忙的家庭，很多家長們為了方便，都讓外傭代勞，反而造就出想要什麼只會動一張嘴的下一代，類似情況屢見不鮮，尤其當我參加兒童趴踢時，習慣對外傭發號施令跟主動獨立的孩子，比較起來更是有明顯的差異，身為母親，妳希望孩子個性依賴，還是凡事都可以自己來？

回到擦一雙鞋30塊，我老公是蜈蚣腳，鞋子比我還多！每個禮拜都有擦不完的鞋，看著兩個皮蛋專注地幫把拔擦鞋，老實說，針對這點，馬麻我有些小小的心理不平衡，不過女生的高跟鞋鍛面

材質、寶石款設計通通擦不得呀！那，擦包包呢？算了，我實在是不敢冒險，名牌包被擦壞了，傷心又傷財！兒子們專攻把拔的皮鞋，我老公還會專業到在地上鋪好報紙，拿出兩套刷具＋清潔劑，交代兒子們白油擦淺色鞋，黑油擦黑鞋，嘴巴還唸唸有詞，說什麼皮鞋沒擦亮只能給20塊，我看這三個人沒有去路邊擺攤幫人擦鞋，真是可惜了～ 講到這，我娘（孩子們的外婆）一定又會高分貝的尖叫，說我虐待她的寶貝孫……

最後，妳一定會覺得30元太少，這麼小的錢，叫得動孩子幫忙做家事嗎？有錢能使鬼推磨，尤其是家裡的小鬼！凡事金額由小開始，把孩子們的胃口養大了還得了！我們家的萌小孩拿到10塊就開心，拿到30塊更興奮，因為可以打一次遊戲機，對他們來說，幾十塊的金額都是大錢！桌上的存錢桶幾乎只進不出，唯有買玩具要加碼時，孩子才會錙銖計較要花多少自己的錢～

補習班掰掰

每天早上6：30我就起床了，起床後最怕的一件事就是開手機，近幾年，我養成早睡早起的好習慣，超過晚上十點鐘就開始打哈欠，到了十一點鐘便自動昏倒！

時常錯過聊天室成串的簡訊，朋友們真的很愛在深夜裡聊天ㄟ！你一句來我一句去的，某次早上起床一開機，竟然有九十幾個未閱讀的簡訊！純粹打屁的簡訊錯過就算了，意思意思的滑一滑快速瀏覽，但是我最怕的就是錯過學校媽媽們聊天室裡的重要訊息！什麼？！今天要交420字的作文？怎麼我們家的弟弟聯絡簿上沒寫，作文紙也沒帶回家！這個臭小子到底是真的粗心還是故意的？

是滴，加入學校媽媽們的聊天室好處多多，關於學校的近期活動、何時補課、放假，老師交代的重要事項，明天一定要帶什麼東西上學……等等，像我這種鮮少往學校跑的媽媽，聊天室真是我的一大福音！最重要的是如果發生類似以上的事件，漏抄聯絡簿或是忘了帶某科課本，回家功課怎麼寫？趕快在聊天室裡發問等答案吧！

當然，如果媽咪我早上才看到簡訊，或是已超過了九點兒子上床的睡覺時間，通通為時已晚，我可不是那種會挖小孩起床就為了補寫功課的媽媽！但是話說回來，怎麼會有家長晚上九點後在聊天室裡問功課呢？這麼晚了，他們家的小孩現在還在寫功課嗎？

哎，由此可見，台灣的小學生真可憐，課業壓力還真不小！

像我們家小朋友每天九點鐘準時上床睡覺，段考前功課多的時候了不起到十點，哥哥K書K到十一點，就我的印象好像也僅有一次，那次我斜眼偷瞄孩子累到猛眨眼，我就心裡告訴自己，情願孩子考全班最後一名，我再也不要讓他那麼晚睡！講是這樣講，有哪一位家長OK自己的孩子吊車尾？又有哪一位家長不希望孩子早睡？一瞑大一吋這個道理大家都懂，充足的睡眠＋運動對於發育期的孩子真的很重要，偏偏台灣的私立小學放學晚，有些孩子還有課後補習班、安親班，回到家都不知道是幾百點了！悲哀啊！

無奈母親的自問自答

Q：為什麼小朋友不能下午早一點就放學呢？
A：不行，因為大部分的家長要上班，孩子沒人顧也不好。

Q：為什麼小朋友放學後一定要去補習班呢？
A：天下父母心，沒有人希望孩子輸在起跑點上，他有補習，我沒有，就深怕自家的孩子輸了競爭力！

的確，有一年我送兄弟倆去英文補習班，整整那一年對我和孩子來說都是身心煎熬，每天我都游走在精神崩潰的邊緣！補習班七點下課，七點半回到家（由此可見離家算近），一回到家全家人神經緊繃，趕火車似的節奏，吃飯、寫功課、洗澡……九十分鐘內要做完所有的事情，技術層面分析，根本是在執行不可能的任務，催小孩催到我胃痛，一心一意只是為了讓小孩可以早點上床

睡覺，心想可憐的孩子一直被催應該也是很痛苦！好不容易在孩子昏倒後，隔天睜開眼又是鬼打牆的周而復始，眼看孩子珍貴的童年要如此這樣過，身為母親的我既是不捨又掙扎。

後來我想通了，數字上算起來，放學後孩子五點回到家，九點要準時上床睡覺，每天和我相處僅僅只有四小時，時間寶貴，我不要再被補習班瓜分掉兩個小時！住在都市中的孩子已經失去太多單純，能夠望青山看綠樹的機會少得可憐，我最不希望的就是孩子天天面對黑板，回到家還無法放輕鬆，被催魂式的吃飯，趕進度寫功課，這並不是一個快樂的童年！

所以補習班掰掰，大環境的教育體系升學制度我無法改變，但是至少我可以給孩子一個簡單快樂的童年！當然針對課業上的輔導，我還是有一些家教的安排，但是生活中少了補習班，省去接送的麻煩、通車的時間，心理上少了時間壓力，一家人圍桌吃飯，多了聊天的愜意，孩子會跟我update學校發生的事，晚餐時間家裡多了好多笑聲，偶爾我會拿出十五分鐘卡通大放送做為利誘，孩子們的功課寫得是快又好，睡覺前多的時間孩子會開心的在我床上滾來滾去，跟我親親抱抱，這些情感上的交流，金錢買不到的幸福感，我再也不會讓補習班從中作梗了！

望子成龍是天下父母心，提供最好的教育，家長理當盡量給，但是別忘了，兒孫自有兒孫福，一個健康光明的人生，是來自於和樂的家庭，而不是把光陰歲月都浪費在操死人的補習班！

兩個小孩兩個家教

每次陪小孩寫功課，我就有種感覺，隔天要立馬去醫美診所報到，解決我的眉頭皺紋！數學習作怎麼在我眼裡看起來像是火星文？國小造句怎麼竟然會讓我結巴？

說到家教這件事，算一算我們家小朋友其實也有（笑），不過人外有人天外有天，有天看到朋友臉書讓我大驚，照片上兩個小孩正在寫功課，旁邊跟了兩個家教，等於一個對一個，哇咧～當下讓舊蓉我傻眼，朋友照片上的註解，還大刺刺寫出以下這一行字：「兩個小孩兩個家教，親子疏遠！」第一眼看到，我嚇一跳，哇，砸重金培養，兩個家教同時各教一個？！霎時心裡問號滿天飛？？？很多朋友都生不只一個，但同時找兩個家教一起來，實在沒看過；再來是，啊～你明明自己也感覺到親子疏遠，為什麼不去解決問題？學校功課有比親子感情重要嗎？

說到我們家，以前小朋友還小時，小一小二的小學功課幹嘛找家教？1+1=2，ㄅㄆㄇㄈ，abcd，這些東西哪會難。但是，我們會寫功課會算數，就表示我們也會教嗎？剛開始那幾年，我自己陪小朋友寫功課，有時也會失控，突然暴走，要不然就是烏鴉飛過很無言，這個就是這樣寫啊、或在心裡O.S.：拜託，怎麼這麼笨啊？這個都不會寫，OOXX一大堆。可是*這些話當然不能講出來，以免打擊孩子們的自信心，但是，臉部表情過於扭曲，時間久了，人會變醜啊！*

後來反過來想一想，我們都用大人的角度在思考，對我們而言，九九乘法很好背，9×2=18，8×5=40……可是對小朋友而言其實不是這樣子。久了之後，我自己也常常想，我想當慈母，不要當潑婦，我不希望兒子以後回憶馬麻陪寫功課都是面目猙獰的臉孔，於是乎，幾年後，隨著他們功課越來越難，我就覺得，時候到了，該是家教救援上場的時候了。很lucky的，我找到一個住我們家附近的研究生大姐姐每天來伴讀、陪寫功課，當然都是一對二，至於英文，就找有執照教外語的英文老師。

那我這樣，會不會也造成親子關係疏遠呢？其實我不會把小孩丟給家教就不管，像大姐姐比較年輕，無法應付兩個搗蛋鬼，有時被這兩個搗蛋鬼搞到來求救，我也會適時抽查聯絡簿，可能三天沒看，第四天突擊檢查看一下，看看有沒有問題。最重要的是，家教只是陪伴，無法幫你管教小孩；家教可以輔導課業，但是像上床前，講一本故事書這種事，還是馬麻專屬的事，就好像現在很多家庭會請外傭幫忙，但他們還是無法代替父母親。如果你把所有事情都丟給家教負責，當然會造成親子疏遠囉，很多親密行為，促進親子感情的事，還是專屬於父母，這個平衡點要靠我們家長自己去拿捏。

今天沒有家教的晚上，我幫弟弟查多音字造詞，TNND一個中國字怎麼會有怎麼多種唸法！每一種唸法還要造詞＋解釋！光三個字，我跟小孩查了三十分鐘，好不容易寫完功課，趕羊上床睡覺，kiss goodnight前，哥哥竟然對我說：「馬麻，妳趕快去泡澡，我覺得妳需要放鬆一下～」

學會跟孩子道歉

我都忘了今天早上兒子怎麼跟我頂嘴，只知道一看到這封道歉信，我整個鼻頭酸、心融化。

為人父母我們時常要求孩子要有禮貌，看到男生叫叔叔，看到女生叫阿姨，人家給你東西要說謝謝，做錯事情要會道歉。孩子大了，難免會頂嘴，有時候對於為娘的叨念，冷不防來回馬槍，我當然知道自己是囉唆，但是孩子頂撞就是不對，現在這麼小就姑息，以後還得了！我不會當場斥訓，只會冷冷地說：「哥哥，你這樣子跟馬麻說話，對嗎？」，「我現在很生氣，我不想跟你講話，請你也不要跟我說話。」

用冷戰策略，臭臉＋不答腔，現階段對付我們家的小孩還滿有用的，一看見馬麻我繃緊撲克牌臉，兩個小傢伙就知道事情不妙，往往接下來沒人敢說話，更不敢造次，氣氛僵硬，空氣開始凝結……

傍晚回到家，信差弟弟遞上一張紙，還附上口信：「馬麻，哥哥說，請妳不要生氣。他不敢給妳這封信，叫我轉交給妳。」

看著這張用彩色筆寫在圖畫紙上，簡單幾行字，形式雖然隨意，但是誠意滿分的道歉信，尤其是最後一句讓我感動，你愛我嗎？傻孩子，馬麻當然永遠愛你啊！

知錯能改，善莫大焉，單純的孩子都釋出悔意了，馬麻我當然要好好把握機會教育。

我拿著這封信，走向哥哥，給他一個深深的擁抱，溫柔的解釋，馬麻雖然嘮叨，但是都是為了你們好，我這麼愛你們，你的一句話或對我不耐煩，都會讓我非常傷心的！

溫馨大和解，對於我的諄諄教誨，孩子更能聽進心裡。反過來，如果是家長對孩子不耐煩呢？在進入青少年階段前，孩子還小，對父母是無條件的愛，爸爸媽媽是天，對這個不斷充滿新奇事物的世界，他們總是有十萬個為什麼。孩子回嘴我們理當立即糾正，但是對於我們自己不耐煩的情緒，無心的話語，「你很煩ㄟ！」、「你怎麼那麼討厭！」，如此負面的批評，幼小的心靈要如何承受消化？

最近電信業者猛打廣告，每一次搭小黃，看到媽媽對女兒不耐煩的那一段影片，都讓我催淚！女兒打了好幾通電話問媽媽在哪裡，媽媽總是沒好聲沒好氣地嫌女兒煩。姑且不論廣告的真實性，或要傳達什麼理念，對於親人，愛真的要好好說，引人深思的話題，值得讓人檢討。

有時候，真的在忙，孩子來煩我，也會讓我情緒上失控，或是某些事情尚未求證，我就先行批判，害孩子留下委屈的眼淚。培養高EQ是一輩子的修煉，不僅是對外，還要記得對內，對於孩子的態度，不能因為我是你娘，所以我一定就高高在上。

為人父母也會犯錯，我們也會有不小心錯怪孩子的時候，柔軟的

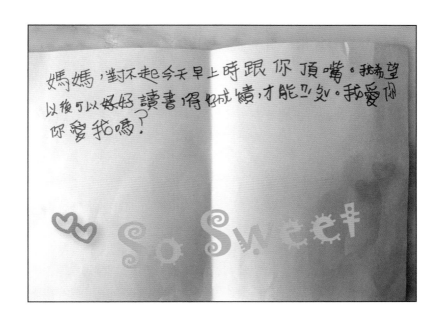

放下身段，學會跟孩子道歉，簡單有誠意的一句話：「馬麻錯了，對不起！」，*磨練自我的脾氣，做好孩子的榜樣，都是維持親子關係和諧的基石。*

我只給小孩喝水

每次出門看到很多小朋友左一杯可樂，右一杯手搖茶，我都會在心裡搖搖頭，因為，我本人一向堅持從不給孩子們喝過多糖分或是人工香料的飲料。

在我們家只能喝三樣東西，第一、就是白開水，第二、鮮奶（完全無添加人工香料、無添加風味口感的純牛奶），第三、豆漿。偶爾會給他們優酪乳或養樂多，這都是屬於犒賞他們的糖水飲料。有時候我都覺得，小孩跟養狗道理有點類似，給狗吃過人的食物，他嚐過甜頭了，每次看你在吃這個東西，就在旁邊搖尾巴，吵著也要吃；小朋友也是這樣，喝過酸酸甜甜的果汁、或是嚐過可樂辣辣的覺得很刺激，他們之後就會食髓知味了！

因為很嚴格執行，所以他們兩個現在10歲、11歲，還是維持這樣的好習慣。但是往往出去跟親朋好友用餐，就會發生尷尬的情形。比方說我們家請客做東，很多family friends都帶小孩，大家就坐個大圓桌， 往往就會出現，朋友家的小孩點飲料，但我們家的只能喝白開水，我都會解釋說不讓我們家小朋友喝汽水跟果汁，導致別人家也會說：「啊！那我們不要點了沒關係！」這樣尷尬的幾秒鐘，還是會出現滴。

話雖如此，我還是認為這是一個重要的習慣，所以我們家自己出去吃飯的話，我會讓小朋友養成帶水壺的好習慣。如果是到中菜館，可能只有茶，濃度太高的咖啡因不適合小朋友；有時到西餐

廳，我又是很務實的媽媽，西餐廳要喝水都要另外付費買礦泉水，所以自己帶，環保又省荷包。常常他們忘東忘西，每次我都要很嘮叨，或回家幫他們拿，先生就發狠說，讓他們渴死吧，忘記帶的話讓他們一整天在外面都沒東西喝。嚴厲執行後，發現這招還蠻有用的，現在出門，他們都會自己嚷嚷說我的水壺在哪裡。

說實話，家裡嚴歸嚴，還是有婆婆媽媽啊，以前小時候兩個小傢伙只要聽到要去婆婆奶奶家，都高興得不得了！因為他們就有機會喝到這些糖水啦！吃飯時，婆婆會問，寶貝啊，要不要來一杯柳橙汁？一杯奇異果汁？說到這，我也教我們家小朋友，要吃大量水果，尤其是養成飯前空腹吃水果的好習慣，你要喝果汁，不

如用吃的。

所以囉，聚餐時要避免他們喝到這些飲料，要跟朋友解釋，對內還要跟婆媽們曉以大義說，沒關係他們喝水，沒關係他們吃水果就可以。你說我們家小朋友有沒有喝過果汁，當然是有囉，再怎麼滴水不漏，還是有機可趁滴！除了婆媽給他們喝，還有去參加學校其他同學的趴踢，也是有分享到這些「邪惡食品」。

我還記得有天小孩回家非常開心、非常興奮的跟我們說：「媽，我們今天段考完在學校開同樂會，吃到好多好多零食喔！」我聽了就狂翻白眼，他還說：「還有還有，今天我們還喝了珍珠奶茶！」我簡直就暈倒，想說這輩子從來不給兒子喝珍珠奶茶，我自己都不喝了，居然在學校裡給他喝到了！他們在外面絕對有很多機會喝到這些人工糖水，爸媽還是要從自身做起，教小朋友如何拒絕這些飲料。

我吃東西雖然不忌口，但我自己不喝糖水，喝咖啡我就喝黑咖啡，不加糖不加奶喝習慣了，我在家裡就是喝咖啡、水，頂多有時優酪乳；所以對我們家小朋友而言，如果我今天去買一排養樂多，要喝之前他們都會先問我可不可以，我說可以的話，他們兩個就會在那邊耶耶耶半天。即便冰箱沒有上鎖，他們都知道這是規矩，要喝養樂多或優酪乳，要問過馬麻我才行。

我先生就不一樣啦，他喜歡喝汽水，有時也喝手搖茶飲料，不過呢，他也知道我的堅持，也給我很大尊重，畢竟小孩子我們一起養育，他也知道給小朋友喝太多糖水不好，這時我們就扮黑臉白臉啦。週末時，我們把「青玉」搬出來的話，兩個小朋友就會非

常投入而且enjoy其中，在幫老爸擦車洗車，付出勞力之後，得到的犒賞就是零用錢加上一杯手搖的檸檬綠茶半糖少冰，兩個人分半杯就超開心，我到了這種時刻就會睜一隻眼閉一隻眼了，讓他們喝吧！

除了爸媽以身作則，我還有問過小兒科醫師，因為弟弟比較小隻，擔心他將來會不會像我一樣偏嬌小，所以請教過醫師，醫師有分享一個撇步，我想要無私的分享給所有媽媽們！

小男生運動量很大，千萬記得，激烈運動後三十分鐘之內，不要喝任何糖水！運動後一定會口渴，請盡量喝大量白開水，但不要喝有糖分的運動飲料，為什麼呢？因為在發育期的小朋友，運動完之後，體內會分泌生長激素，這個激素是需要腺體本身被刺激而分泌出來的，如果半小時內補充外來的葡萄糖，生長激素會認為自己不用出來了，就會被運動飲料的葡萄糖給取代，而少了這些生長激素，小朋友就不容易長得高。以前我也都給他們喝運動飲料，聽了醫生的建議後，我們也改掉了這個迷思。

還有一次在報紙上專欄看到，爸媽可以用比較逗趣的方式，提醒小朋友喝水，每次要叫他們喝水，可以用李小龍當提醒，怎麼說呢？因為李小龍每次出拳之前，都會「哇噠！」地叫一聲，乍聽之下是不是很像在說water呢？*哈哈！提醒自己和小朋友要多多喝水，就用李小龍做代號吧！*

飯桶

飲食習慣以米食為主的華人出遊在外，時間久了，最想念的是什麼？答案：RICE！每次我煮一鍋紅燒肉，兒子們白飯一個人可以扒三碗，根本就是家裡的米蟲，桌上的飯桶！

暑假帶兩個仔去美國long stay兩個月，我最怕就是在家煮的餐飲問題，處處是西餐的異鄉環境，總不能餐餐吃義大利麵＋法國麵包吧！出發前煩惱之際，老公還自以為聰明地建議我到當地China town或是日系超市購買電鍋，他說隨便買個便宜的電鍋擋一下，哇哩咧，老娘我住在白人區，還沒有找到電鍋可能就已經餓死在半路上，而且請問在遙遠的美國，怎麼可能會有「便宜的」電鍋呢？

老公的建議聽起來既浪費又不靠譜，馬上被我打槍！感謝無遠弗界的網路啊！我在網上搜尋到遊學生的分享撇步，用鐵鍋隔水加熱，生米就能煮成熟飯囉！立馬殺到五金行，鐵鍋來一個、蒸架來一個，兩個加起來100塊有找，回家試煮，煮出來的白米飯香噴噴，還帶點溼氣，讚！

就這樣，帶著我的迷你鐵鍋＋蒸架，放進行李箱，得意洋洋的我出發囉～

從美西飛到美東，上郵輪、搭飛機，再從美東飛回美西，一路上只要有安檢，必被擋下來！海關打開行李翻來翻去，翻到在X光

出遊在外，時間久了，最想念的是熱騰騰的白米飯！

螢幕上看起來可疑的罪魁禍首，鐵鍋＋蒸架，我還搭配了一只飯勺，行李箱裡只差沒有一包米！一頭霧水的海關劈頭第一句就問：「Are you going to camp?」哎呦，你們外國人不懂的啦！老娘我懶得解釋，反正都是回答yes，這幾個東西也都不是違禁品，只是造成旅程上安檢過關的麻煩，很難想像，這麼時尚的我，竟然做出這麼俗的事吧！Rimowa行李箱裝鐵鍋＋飯勺！哈哈！

我只能說，愛子心切，為了兒子們愛吃的白飯，馬麻我真是用心良苦了！

洛杉磯租不到車的夜晚

說起這次經驗，人稱李大膽的我到現在都還心有餘悸。2014年的暑假我帶小朋友去美國long stay兩個月，本人我就是喜歡凡事先計畫才會心安的個性，一向自豪我是super Mom! 沒有跟團，老公也不在旁邊，隻身女子帶著兩個拖油瓶照樣可以玩得很爽！對於規劃行程我也樂在其中，出發前要去遊樂園，入場券我一定會事先購買好列印出來，飯店、租車的預定通通上網自己搞定。那一年暑假的規劃是從美東玩到加勒比海，然後再玩回美西，所以飛機、郵輪、車子加上住宿的安排比較複雜，也因此，慎重的我半年前就開始籌備了，我花了好多時間網上做功課，盯螢幕盯到眼睛脫窗。

前十天都非常的順利，但是，從美東飛回美西那天開始，就感覺好像衰神降臨了。坎坷的故事要開始了，從奧蘭多要起飛時，開始打雷下雨，因氣候考量，飛機無法起飛，我們在機上整整坐了三小時乾等；五個小時的航程飛到美西時，又遇到空中大塞車，遲遲無法落地。原本是預計晚間七點鐘抵達洛杉磯，super delay到將近午夜十二點才離開機場。

舟車勞頓已經讓人身心疲憊，夜越深，第六感越來越不對，搭上接駁巴士到了租車行，居然還大排長龍！漫長等待後，終於輪到我，滿心歡喜的拿出預約單和國際駕照（註）。

說我是婆媽的習慣吧！每次出國前我會重新整理皮夾，把不必要

的身分證、健保卡和提款卡等通通留在臺灣，以免錢包遺失，所有的證件也跟著飛了。俗話說，雞蛋不要通通擺在同一個籃子裡嘛！出國要護照，如果要租車，國際駕照少不了，這次當然也是，而且我在出發前，還特跑趟監理所，更新國際駕照，以往我去美國租車只需要出示國際駕照，沒想到，這一次卻踢到個硬梆梆的大鐵板！

午夜十二點多在租車公司的櫃檯，接待我的是一個臉色凝重的光頭中年男子（半夜還要值班，當然撲克臉），在我拿出所有文件，迫不及待想說趕快牽車結束這漫長的一天吧！光頭臭臉大叔面對遞上的文件，翻也不翻，幽幽地問我：「台灣駕照呢？」當場我愣了一下，心想為何要台灣駕照？於是乎我裝傻，若無其事地強調：「這是我的國際駕照和租車預約單。」我再把文件推近一點靠近大叔面前，光頭大叔不耐煩地長嘆一聲，敷衍的看了一下我的國際駕照，又再幽幽的開口說：「沒台灣駕照不能租車給你！」

「What da fxxk!!」我在心裡大喊，當場傻眼，從未遇到這種問題。看我準備要開口盧，一付租不到車我也賴著不走的模樣，光頭大叔把我轉主管處理，金髮女主管也沒有比較好說話，問的問題都一樣，「妳的台灣駕照呢？」「沒台灣駕照的話我們不能租給妳。」當時我就慌了，半夜一點人在異鄉，沒有車，帶著兩個小孩拎著兩大咖行李箱，在附近連個便利商店都沒有的空曠租車區，我能找誰幫忙？況且住在洛杉磯的人都知道，沒有車就等於是沒有腳！

馬的，莫名其妙，為什麼一定要看我的台灣駕照，上面寫李蒨

蓉、中華民國幾年幾月，妳這個阿度仔最好是看得懂！一頭霧水
＋氣不過的我，趕緊補充：「我在佛州奧蘭多也是跟你們公司租
車的喔，我已經開了一個禮拜你們家的車子，有記錄可以查。」
即便事實如此，金髮妞還是說不懂為何沒有台灣駕照，佛州同事
會讓我租車，如果被公司發現的話，鐵定是會被炒魷魚的！一而
再，再而三地強調，她不能讓我租車，如果讓我租車，就是違反
法律，沒有台灣駕照就是沒有車！靈機一動我立馬提議，現在是
台灣時間的早上，我可以請我先生傳真或拍照我的台灣駕照給妳
看，總行了吧！

「Oh NO! I must see your Taiwanese driver's license IN PERSON!」
（不行，我一定要看妳本人出示台灣駕照）

他奶奶個熊！我真想翻過去櫃檯來個貓打架，但是也知道再怎麼
吵，也吵不到一台車，於是乎改用溫情攻勢，請金髮妞瞧瞧我身
後已經在椅子上睡著的兩個小傢伙，半夜三更空空蕩蕩的，沒有
車，叫我們母子三人何去何從啊！

最後，她建議我請先生國際快遞台灣駕照到美國來，什麼時候拿
到駕照，我在什麼時候回來租車。她僅以輕鬆的口吻說，說附近
有間私人經營的租車店，或許能夠讓我租車，我可以去「試試
看」！當時的我心裡非常賭爛，腳軟心慌想掉淚，只能怪我自己
「雞猴」（台語）把證件留在台灣。帶著絕望的心情出了租車公
司大門，凌晨一點多鐘，整個周圍烏漆抹黑，前不著村後不著
店，什麼鬼東西通通都沒有，眼前是一整片看不到盡頭的停車
場，路燈也是遠遠的才有一盞。我一個小女人，拖著兩個小孩、
拎著兩大咖行李箱，我拿出手機Google map尋找金髮妞提及的小

間租車公司，手機收訊微弱，我害怕的想哭，求助無門，想要打越洋電話回家求救，但是想想遠水也救不了近火，一大堆電影裡看過的行搶殺人擄小孩情節，片片地閃過腦海，胡思亂想讓人更心慌，無人能幫的情形下，我只能告訴自己要勇敢，於是乎我轉身跟兩個兒子說：「哥哥弟弟現在很緊急，我不知道附近有沒有壞人，一定要趕快找到租車行，危機才能解除。你們要幫我努力地推兩個行李箱，緊緊跟在我後面！」

讓我事後最感動的是，兩個小傢伙平常打打鬧鬧、嘻嘻哈哈，當時卻異常冷靜，完全不講話，小小的臉龐也露出緊張驚恐的表情，聽我講完馬上點頭如搗蒜，乖乖的跟在我身後，非常配合。就這樣，這個畫面是，小孩子推著行李跟著媽媽走，媽媽滑著手機跟著Google map走，在深夜荒涼的異鄉找店家，我們母子三人走了感覺此生最漫長又驚險的十五分鐘。

終於找到了！小小的一家租車行，有亮燈但是老闆不在家，門口也沒有停幾台車，此時的我管他三七二十一，看著門牌上的電話號碼，立刻打電話跟店家求救！打電話給素昧平生的陌生人，請對方開車來救我！

片刻等待後，花了原本的雙倍價錢終於租到車了，老闆果然是生意人，知道沒有大公司會租我車，趁火打劫！也從這個墨西哥老闆口中得到答案；原來因為美國太大了，太多人拿假的國際駕照，造成保險公司爛帳一堆。美東不用雙駕照，但到了加州一定要，同一個國家但是每個州的法律不一樣，這也是我在網路上沒查到的。

多災多難沒有就此結束，後來開車找短期租賃的房子，在半夜幾乎沒路燈的住宅區，繞了一圈又一圈，還有為了要停好車，要找後門停車庫，一家又一家按控鎖、試車庫，老天爺啊，都半夜三點了你還不放過我！終於停好車，回到家，將近凌晨四點了。

這輩子我永遠忘不了兒子們當時的配合，讓我深深感動，他們真的長大了，好懂事！表現的非常勇敢！沒有哭鬧也很乖乖聽話。當我在顧前顧後，完全不認路又沒有招牌的情況下，找租車行，還要注意有無可疑人士會出來搶劫，兒子們認份的在我身後推行李，只為了跟上媽媽的腳步，沒有半句怨言。每次想到這兒，我都會心頭一陣緊，心想萬一當時兒子發生個什麼意外，我這輩子都無法原諒自己！第二天打給老公，叫他快遞駕照，也把驚魂記的來龍去脈說了一遍，老公聽了在電話那頭急跳腳，「李蒨蓉妳瘋了嗎？」，從小在美國長大的ABC，半夜走在洛杉磯街頭，都知道這樣超危險。

事後每次聊起這個故事，正在學校學成語的哥哥，現學現賣的說：「出國旅遊馬麻總是計畫周詳，但是百密必有一疏啊。」各位媽媽們，出國在外，本國證件還是帶著比較保險喔！

註：出國如果有租車需求，要到監理所用本國駕照申請國際駕照，每個國家交通法規不同，像是在日本，要看的是本國駕照翻譯的日文版。出國租車一定要先查清楚當地的資訊喔。

我愛男生

當今社會，重男輕女已經不流行，生女兒才值錢！偏偏舊蓉我就是愛男生！很多人問我，生了兩個兒子後，要不要再拼一個女兒？「妳長得漂亮，生個女孩多好啊！」，這句話我聽了不下N遍！

如果真要問我，要生老三的話，我還想再生個兒子！但我老公聽了肯定當場翻白眼。我想說的是，哪那麼好包生女，而且誰能保證一定會像我？萬一像我老公哩？我這個人外貿協會、愛漂亮，

肯定不能接受生一個女娃,像是我老公迷你版戴假髮。而且人家常常說,兒子是媽媽的男朋友,女兒是爸爸的情人,我在家裡面就是女皇,有三個男人搶著愛我,多爽啊!

奉勸所有生兒子的媽媽們,大家可能坐這山望那山,生了兒子還想要女兒。生兒子到底有哪些好處,待我細細道來~

☺ No more girls drama 不用面對公主病

小女生的girls drama真的太多了,愛哭又多愁善感,自尊心像玻璃。哇哩咧,老娘我自己就很多drama了,真的沒空面對小女生的公主病!相較之下,男生真的比較大而化之,心眼比較二楞子,容易被看穿,脫了褲子要放什麼屁,媽媽都會很好猜!女生之間上演甄嬛傳再加上尖叫聲,讓人超痛苦。男生只要一碗滷肉飯就搞定,頭腦簡單又好養。

☺ Boys are stronger 壯丁就是比較好用

承接前面的文章〈洛杉磯租不到車的夜晚〉,壯丁真的比較好用,出國旅遊兒子可以在後面幫忙推行李;去大賣場瞎拼也可以幫忙推車。男生長大了,大包小包,通通交給他們幫忙拎。

☺ He's not handsome he's my son 長得不帥沒關係

男生長得不帥沒關係,太帥也只會多煩惱沒好事,只要眉清目秀、乾乾淨淨的,體格好,頭髮隨便抓一下,就可以很有型,媽媽怎麼看都覺得帥氣。女生的外貌顧慮多多,皮膚要好又要白,打從娘胎起,媽媽就開始要花錢服用珍珠粉;男生夏天洗完澡頭髮擦一擦就乾了,女生長頭髮還要每天變化髮型,今天要紮高馬尾還是低馬尾,蜈蚣辮還是麻花辮,光想到要綁頭髮,我就開始

🐾 Stay young and alway be my date 最時尚的母子檔

我時常在幻想，以後兒子長大了，或許可以陪我拍個時尚雜誌的封面，還是牽我的手，走個紅地毯？還是週末帶我上夜店？我一個老媽媽，坐在一票小狼狗中（兒子和他的哥兒們），這個畫面一定很搞笑，而且他們每個人心裡的O.S.一定是在說：「李媽媽，到底什麼時候要走啦？」，哈哈，扯遠了！我有這兩個永遠的小男朋友，時時刻刻地提醒我自己，維持好體態，保持心境年輕，才能跟上兒子們未來的腳步，跟他們當姐弟啊！

🐾 Accept the challenge! 接受挑戰

男孩子跌倒不用怕留疤，堅強又耐操，雖然新時代的女性可以挑戰很多男生做的事情，甚至女主外男主內。但是對我而言，我的思維比較偏傳統，多數人的一家之主，還是以男性作為代表，對於性別，男生肩膀上的責任還是比較多。一個男人會不會是好先生、好父親，多少取決於家庭環境、成長背景，父母親給他的愛、正確的價值觀和道德觀。我現在是一個母親，兒子長大後要在社會上闖蕩，未來會是別人的老公、孩子的父親。一個人的成功不是在賺多少錢，如果兒子將來能當好爸爸、好父親，就是成功的男人，而這個，也是我為人母一輩子的課題。我是兒子的娘，就要思考，怎麼培養他厚實的肩膀，負責的個性。

所以，全天下有兒子的媽媽們，多想想生兒子的好處，勇敢接受挑戰吧！

兩杯果汁沒有娘的份

我有一位較年長的女性朋友，兒子在國外念大學，某年媽媽越洋飛去探望兒子，當時家裡還有一位兒子的同居女友，一個屋簷下三個人。某天朋友早上起來看見兒子在廚房裡忙進忙出的榨果汁，心想，哇，兒子長大了真貼心，還會幫媽媽準備早餐呢！結果兒子榨了兩杯滿滿的柳橙汁，像服務生般很講究的放在托盤上，默默的從親娘眼前飄過，走進房間關上門，很明顯的，兩杯果汁沒有娘的份……

朋友的真實故事，如果發生在我身上，我要如何面對？

責怪自己沒把孩子教好？情緒化的跟孩子生氣？還是不爽悶在心裡？

當然最理想的狀況是兒子榨出三杯果汁，大家都有一杯，孩子的娘也無須跟女朋友吃味計較，但是朋友的故事啟示了我，其實無論結果是幾杯，身為母親，要學會放手～

未來我們的下一代會有自己的家庭，自己的生活，他們會有自己心愛的人，自己的骨肉，時間有限，心力有限，對於父母的愛，真的很難平均分配。

在母親的眼中，孩子永遠是個孩子，不論長到多少歲數，我們永遠都會擔心這、擔心那，這是心理上一輩子無法擺脫的牽掛，但是等到人生走到某個階段，當年喝我奶水長大的小嬰兒，每晚吵

著要跟我親親抱抱睡覺的小男生，總有一天在脫離父母的羽翼後，他們會成為獨立的個體，偶爾才會與我交集。

每次想到這裡都會鼻子酸眼眶濕，老公笑我多愁善感，隨著孩子們漸漸地長大，我意識到孩子與母親黏TT的蜜月期也進入了尾聲，在孩子成了青少年朋友擺第一，上了大學女朋友捧手心，出了社會以後什麼都跟我們沒有關係，身為母親再怎麼百般的不願意，也要為幼鳥離巢的那一天做好準備。

偶爾翻翻兒子小時候的照片，都會讓我感慨，怎麼時光飛逝得那麼快？照片中小孩的臉龐對我來說怎麼那麼陌生？明明孩子是我生的、是我帶大的，怎麼回憶起過往的片段變得那麼模糊？現階段兒子還圍繞在我身旁吵得我頭痛，想必一轉眼，等我老了以後，閒了，家中空蕩蕩的寧靜轉化成寂寞，對於孩子的思念，成熟的母親只能用等待來消磨，等孩子有空了，跟我吃頓飯、喝杯咖啡，彼此update近況，如果未來能當孩子的好朋友，那我這個當媽的就成功了！

現在，沒有必要的應酬我會婉拒，所有的事情包含工作，我會集中火力安排在下午五點前結束，孩子放學回到家，我的時間是全心全意奉獻給他們，我的日曆上，週休二日永遠是空白，因為那是家庭日，如果能和孩子多親一下、多說一句我愛你，我絕對不會吝嗇，我知道很快的，再過幾年，我只能打果汁給自己喝了！
XD

孩子不同的階段有不同的可愛，過去的我抓不住，以後要來的我擋不了，唯有珍惜現在，才沒有遺憾～

還好老娘我體力好

每次看到我們家兩個小男生，我腦海中會「登！」跳出來的畫面就是，咚咚咚！咚咚咚！電池廣告中那隻不斷打鼓的兔寶寶，一刻不得安寧！

每天早上六點半起床，小傢伙在廚房吃早餐，才剛醒來，他們還宛如天使般，安安靜靜的睡眼迷濛的半張半閉的邊吃早餐邊看書。

但是！千萬別被此情此景中的他們給騙了！這個很peaceful的寧靜時光，如果能維持個二十分鐘就要偷笑了，所謂的好景不常也不過如此。接下來，當我開始催促他們，趕快吃，吃完快去刷牙洗臉，在他們早晨完全覺醒的那一刻，家裡就會處於完全失守淪陷，到處鬧哄哄的狀態了！你一言我一句，你推我一下我回擊兩下……嘰哩呱啦、嘰哩呱啦的鬧個沒完，我從他們身上發現，不只是女生才會嘰哩呱啦講不停，小男生也會！換衣服就戳你一下啊，刷牙洗臉抓到空檔就攻擊對方的小啾啾啊，諸如此類的無止盡上演著專屬男孩間幼稚的行為。

早上七點半前，我要開車送他們到學校，兩個人上車後，就開始另一套我完全不懂的戲路，自己研發出來的打來打去的拳術這種，上一秒還玩得很開心，殊不知，小朋友翻臉跟翻書一樣，下一秒就在那邊「冤家」吵架鬧脾氣。我在前面開車實在很無言，老天爺，早上七點多馬麻我還沒刷牙洗臉，沒吃早餐，我的腦袋

根本還沒醒，他們兩個小惡魔吵吵鬧鬧的，這絕對是身心上的煎熬、精神上的折磨啊！為什麼早上七點鐘他們精神就可以這麼好，體力好像可以「叮咚」一聲，開關打開，立馬non-stop玩個一整天。

他們有時玩太high，就算綁著安全帶，也會使勁拼了命的讓屁股離開座位在那邊搖啊晃啊，跳來跳去的，我在等紅綠燈時，整台車就這樣上搖下晃，如果有人從外面看，真的很像電影裡黑人嘻哈那種bumping car！身為苦主的我，在前面當然也會被震到，晃個不停，有時我也會失控、情緒崩潰叫他們夠了不要再跳了！給我乖乖坐好！此時哥哥通常就會說出讓我無力反擊的話，「馬麻不要生氣嘛，妳就當做在坐按摩椅嘛！」姐妹們，妳看看，是不是只能雙手一攤，好氣又好笑？

一整天回到家後，兩個人還有力氣嘻嘻鬧鬧、哇啦哇啦的玩不停，一直到晚上九點，我要像趕羊一樣，求爺爺告奶奶得求他們去睡覺，他們才會昏倒睡過去。*此時的他們，在睡夢中的他們，才又像落到凡間的天使般安寧……呼……！！*而我，也才能再度鬆口氣，找回一天中，一點點的屬於自己的獨處時光……

說到這，讓我想起，多年前孩子們還是4、5歲小小孩的時候，我一個人帶著他們去美國遊玩，我們去拜訪聖地牙哥動物園，園區非常非常之大，不知道是台北木柵動物園的幾倍大，我們從頭走到尾，兩個小小孩說所有動物他們全都要看到，難得來一次，當然要值回票價。體力絕佳又耐操，人稱super Mom的我，一清早出發，就跟著兩個仔全程大概走了七個小時。回到飯店才傍晚五點，美西南邊的太陽晚下山，黃昏夕陽依然高溫，天氣還

很舒服。結果兒子們竟然說：「媽咪，我們還要去游泳！」，登愣！我當場臉色綠掉，兩眼發直。他們還有體力玩，我又能說什麼……於是乎，換好泳衣，套上比基尼，拖著那雙已經不是我的、疲憊的雙腳，泡在泳池裡，只能用眼睛看他們游泳。我心裡的小劇場又上演，為什麼這兩個小傢伙體力可以這麼好，why? why?

小小孩要跟著跑，大小孩要跟他動腦，「十萬個為什麼」，相信很多媽媽們都經歷過這個階段，孩子們從早到晚就是可以問問問、問個不停，孩子們的問問神功，就像唐三藏對付孫悟空的緊箍咒，可以把馬麻逼到腦神經衰弱。有時我真的累了，也會忍不住說：「寶貝，可不可以不要再講了，馬麻現在頭好痛，讓我休息一下plz～～～」。

多年前還是小小孩的他們，現在已經變成大小孩，我只能說，體力完全是變本加厲的好還要更好，還好老娘我平時有在練，加上生的早，不然我真的不知道怎麼應付這兩個金頂電池兔寶寶！想生兒子的媽媽們，奉勸妳，要有把身體練好的心理準備，不然喔，絕對有妳拼的了！

哥哥弟弟先救誰？

「馬麻我愛妳，馬麻我永遠都愛妳喔～」，這是我兩個兒子最常跟我講的一句話。

朋友常常問我，那麼拼幹什麼？拼著跟時間賽跑接送小孩，拼著頂個大濃妝去買菜，拼著趕回家燒飯……我來自單親家庭，小二開始當鑰匙兒童，從小跟媽媽上餐館打牙祭，當小姐時連荷包蛋都不會煎，到現在做了媽練就翻冰箱快手燒菜，我再怎麼累，也要拼出一桌菜，也許不是山珍美味，但對我來說，這就是家的味道。

晚餐後一陣飽嗝，看著老公賴在沙發上看電視，伴著兒子生澀的練琴聲，如果你問我幸福是什麼，在這平凡的夜晚裡，這樣的畫面就是幸福～

有一次到一個四樓有戶外陽台的餐廳用餐，看到隔壁桌的小女生攀爬陽台，當時都已經一腳跨上去了，引來眾人驚呼與她母親一陣怒罵，我藉機教育兒子，告誡這樣的舉動很危險，問題總是最多的哥哥問我，如果他跟弟弟都掉下去了，我會先救誰？我語重心長地回：「那馬麻我也會跟著一起跳下去，因為沒有你們我也不想活了！」，聽完兩個小傢伙當成笑話笑一笑，聽不出馬麻我想要表達真正的含義。

事隔幾天哥哥又再問我同樣的問題，但是這次他強調如果只有他掉下去了呢？我沒好氣地回：「呸呸呸，小朋友亂講話，不會有這種事發生！」，沒想到哥哥竟然抱著我說：「馬麻，我是要跟你說，妳千萬不能跳下去，妳要好好的活下來照顧弟弟，要不然弟弟沒有媽媽會很可憐……」，聽完我當場立刻鼻酸，一把眼淚一把鼻涕的解釋說你們兩個對我都很重要……巴拉巴拉巴拉，情緒太激動了，我也忘了當時我說了什麼。

我是獨生女，小時候都是一個人自言自語玩扮家家酒，我很幸運老天爺賜給我兩個寶貝，他們可以一起成長、一起玩樂、一起分享，雖然有時候皮起來像是老天爺給我的考驗，但是吵吵鬧鬧總比寥靜無聲好，照顧家庭的責任的確會讓人身心疲憊，但是忙碌過後是充實感，單親又一個人的成長環境讓我的心中總是有個洞，如今我看到洞被補起來了，我感覺到圓滿，這就是幸福～

在外是明星，回家變猩猩

「過氣藝人」沒所謂！光環於我如浮雲！

老娘我上美容院修指甲，手一個、腳一個，兩位美甲師同時伺候我，在家裡，兩個兔崽子坐高高，老母我卑賤的蹲在地上，對著臭腳丫剪指甲。強迫症的我，指甲縫裡的汗垢一定要清乾淨，指甲邊緣的老皮一定要修剪，指甲的形狀一定要磨順，剪完指甲還要塗油滋潤！各式各樣的指甲剪、美甲雞絲一字排開，我快要比美甲師還專業！怎麼老娘我在外面是女王，回到家就變成婢女？老公在旁邊笑我，在不訓練兒子自己剪指甲，以後去參加夏令營怎麼辦？久而久之，兩位小王爺越來越熟悉奴婢我的美甲程序，如果有時候不小心忘記了，兒子還會提醒我：「馬麻，今天怎麼沒抹油？」

「喔，是是是！」，心慌的我，立馬去拿指緣油。

TNND，媽媽是不是天生都犯賤？

有時候，走在馬路上，遇見要求合照的粉絲，兒子都會不解地問，為什麼陌生人要跟我拍照？

「因為他們喜歡我啊！」
「可是妳已經不紅了，為什麼他們還喜歡妳？」

蛤！原來我在兒子心目中是「過氣藝人」！

去你個蛋！臭小子，老娘也曾經叱吒風雲過！

哎，算了！我已經看開了！名與利，生不帶來，死不帶去。少女的星夢已圓，現階段的我沒有野心登上夢幻女神的寶座，一心只想當兒子心中的「夢幻老母」，甚至是兒子未來擇偶時的理想對象標竿人物，「我希望我女友可以像我媽一樣漂亮、會煮飯、溫柔……」。

當然，經營演藝事業也已十幾年，不能否認頂著藝人的光環帶給我很多的方便與成就感，經濟上相較於上班族確實也更輕鬆、寬裕些。但對我來說，媽媽和妻子的角色才是最優先，我對事業的得失心並不重，就是玩票性質，就算放棄了也不可惜。

但孩子們對我打的分數（感情和一切回憶），我絕對是小數點之後的零頭也要力爭到底！

可能因為我小時候是單親家庭的鑰匙兒童，媽媽忙於事業，家中不開伙，我早熟事事獨立，雖然媽媽也給我很多愛，但心中總有點缺憾，投射於自己現在的小家庭，我便希望兒子能擁有更圓滿的童年，天天享受到我的好手藝和我的陪伴。

我的美夢成真很簡單，就是希望等他們長大獨立後，回首想起我這位老母時，心中總是甜甜暖暖的，覺得我是全世界第一名盡心盡力的好媽媽！即使他們人在異地打拼，但過年過節一定排除萬難，手刀衝回家，只為了再次回味老母的溫暖和美好！女友／老婆的溫柔鄉也不能匹敵！等著瞧，我絕對會是個勝負心很強的婆婆（*捏爆橘子！*）。

小孩勿近

全天下的人都知道我討厭小孩，超級討厭小孩，即便是自己當了媽，我還是討厭小孩！我從來沒有興趣想跟「非我生的」小孩聊天，我沒有耐性跟「非我生的」小孩解釋任何事情，我更不可能跟「非我生的」小孩玩遊戲！小孩嘻笑吵鬧的聲音會讓我頭痛，沒有家教的小孩讓我討厭，調皮愛搗蛋的小孩在我眼裡更是鬼見愁！朋友圈裡都知道我這個討厭小孩的GY個性，女朋友們的playdate絕對不會約我！

因為我李蒨蓉擺明了有小孩就沒有我！跑ㄊㄨㄚ我只跑成人場，所以我錯過了N場下午茶、N次野餐！其實這種感覺有點高處不勝寒，以前只有我一個人默默的推著嬰兒車在公園看枯葉飄過，周遭的朋友都是單身，現在兒子們長大了，感覺上我快要熬出頭了，女朋友們卻接二連三的結婚生子，然而大家的小孩都還好小，跟我們家兄弟倆也玩不起來，悶哪！我自己兒子的規矩我要負責，功課我要看，兄弟倆的吵吵鬧鬧每天都在我耳邊揮之不去，為了跟朋友見個面，我還要忍受別人的小小孩？別鬧了！我情願錯過N場playdate，我也不要跟「非我生」的小孩打交道！

我這麼一直重複強調「非我生」的小孩，是因為我怕你們誤會我是虐童變態，這麼討厭小孩還生兩個？！首先，我的兩次懷孕都是意外，老天爺硬要我當媽，我也沒得選，再來，這兩個兔崽子是我肩膀上一輩子責任，每天忙進忙出就是忙著張羅他們的吃喝拉撒睡、德智體群美，對於當一個母親而言，我問心無愧，可

是姐妹們，拜託妳們幫幫忙，約我出來，不管是喝茶、看電影、壓馬路做什麼都好，出來約會我只是想要放輕鬆，我的兒子們大了，白天去上學，難得老娘我可以自由走跳幾小時，如果再讓我聽到小孩子尖叫，我會神經緊繃，聽到小孩子哭鬧，我會不由自主地眉頭深鎖，打一加侖的肉毒桿菌都不夠！所以說，再要好的姐妹淘生小孩，我也不會去認乾兒子、乾女兒，幹嘛替自己找麻煩！如果有女朋友想要認我兒子當乾媽，我也一概委婉拒絕，這些形式上的矯情，真的可以免了！

有沒有人自己沒生小孩偏偏愛玩別人的小孩？有，天底下這種人還真多！對於他們的耐性和大愛我可以說是五體投地的佩服，但是玩歸玩，如果真要把小孩丟給他們，不出一天一夜，半天他們就會後悔了！我有一位女朋友，她的兩個小孩都國高中了，某一

天心血來潮當起保姆，接了朋友的小小孩來家裡住，原本應該是個愜意週末馬上變調，爸爸媽媽、姐姐弟弟全家總動員，大家上緊發條輪流接棒帶小孩，好不容易在把小孩送走後，隔天全家人累癱睡到下午！而我呢，也有類似這樣的經驗，好姐妹把不到一歲大的嬰兒丟給我，在我們家的附近洗個頭，他娘去洗了多久的頭，這個小傢伙就在我的懷中哭了多久，我又拍又哄根本沒用，完全忘記當初自己是怎麼把兩個兒子養大的！天哪，感覺那段記憶是空白的，這是選擇性失憶症嗎？畢竟陪伴和照顧是兩碼事，誰不希望自己家的小孩可以用「玩」的就可以乖乖長大呢？

話說回來，蒨蓉阿姨不是那麼沒血沒肉，我把自己形容的好像格林童話糖果屋裡面專吃小孩的壞巫婆，其實我也是會有和藹可親的一面，如果你跟我一樣不喜歡小孩，建議你可以學學我這一招，重點式出擊！聖誕節任何一場的親子趴踢我絕不錯過，每一位「非我生的」小孩我都有準備禮物，嘿嘿，所以大部分的小孩都會記得我，那個臉臭臭、看起來兇兇，頭上戴著鹿角的蒨蓉阿姨……

老娘的戲演完了，我要默默的躲在角落喝杯酒壓壓驚，小孩勿近～

結論，識相的家長們，成人的聚會請勿帶小孩出來，壓力很大喔！

註：Playdate是指家長們帶小孩的共同約會，大部分都是一票媽媽們約出來，喝下午茶或是去公園野餐，小孩們可以玩在一起，媽媽們彼此聊天博個輕鬆，尤其家裡只有生一個的小孩，也多了與玩伴同樂的機會。

孩子趴省錢秘笈

雖然說我李蒨蓉不喜歡小孩，但是籌辦小孩趴踢，我可是高手來著（得意）～

千萬別誤會，我絕對不是那種花大錢搞排場的媽媽，我看過許多幫小孩辦生日趴踢的家長們，砸重金包場地、請公關公司、請魔術師，還請到東森幼幼台水果哥哥姐姐來帶遊戲，特製拍照背板、氣球佈置、花這麼多錢，到底是在幫孩子慶生還是家長自己在競選里長啊？！最後每一個來參加趴踢的賓客們，還有精緻伴手禮可以拿！我的天啊！小孩子過個生日這麼ㄍㄠˋ缸（台語）媲美一場婚禮規格！花錢請魔術師的表演費用還真不便宜，尤其台灣是個小地方，除非今天你有本事請到劉謙還是大衛考柏菲，要不然每次跑場的就是那幾位熟面孔，招數就是那幾套，也不是說人家表演不好，只是往往孩子們看多了，都知道如何拆穿魔術師的把戲了，你說是不是很尷尬？！有熱鬧的趴踢小孩子們當然開心，其實簡單的辦也能夠達到賓主盡歡效果，說白了，場面都是做給大人看的，小孩子們的個性就是人來瘋，吃鮑魚還是吃pizza對他們來說都是一樣的，只要有遊戲、有禮物，小孩子開心最重要，大人不如把錢省下來，留著繳學費吧！

頭幾年凡事力求完美的我為了辦趴，也花過許多無謂的開銷，回想起來，當初還不如把那些錢省下來敗幾個名牌包，現在的我，兒子過生日時，趴還是照辦，但是我已經學到，其實只要小細節顧好，替孩子慶生，真的無需花大錢，以下是我的辦趴心得，與

各位家長們分享～

譬如說家裡的小孩還小，5歲以下的生日趴踢可以這樣辦，選個餐廳訂個包廂或是獨立隔間，利用餐桌旁的空地，鋪個安全地墊，擺上幾個玩具幾本童書，如果可以的話，最好再放置一個室內溜滑梯，嬰兒可以在地上爬，小小孩只要看到溜滑梯，就會樂到不停地溜，大人可以在旁邊安心地吃飯聊天，或者是輪班看小孩都好，簡單的聚餐，時間到了，吹蠟燭切蛋糕，多溫馨啊！反正壽星還那麼小，什麼也不會記得，家長們的心態也只是為了圖個拍照留念！

如果想要籌備一場高規格低成本什麼都有的趴踢，需要具備的基本條件如下，這個錢到底要怎麼省？請讓蒨蓉我為您一一分析：

邀請卡

這個絕對可以省！e世紀時代，電子檔邀請卡方便又環保！多花點心思在社群網站上建立活動，還可以分享歡樂趴踢的照片，省去不少沖印照片的開銷。

會場佈置

用滿滿的氣球佈置會場，不可能便宜，如果是自己買呢？有去買過氣球的人都知道，一個可回充的鋁箔造型中號氣球至少400塊起跳，五六百、七八百的選擇更多，隨便買一買都要好幾千，如果真的是因為場地需要，不妨選擇最便宜的乳膠氣球，雖然只能單次使用，以量取勝利用顏色搭配來美化場地，也是個經濟實惠的好方法！魔術師的表演通常也會有摺氣球的橋段，或是乾脆請位專門摺氣球的表演者，價格上便宜很多！

拍照背板

你知道訂製一個拍照背板要多少錢嗎？蒨蓉常常參加時尚趴踢我知道，少則幾千塊，貴則上萬元，Happy Birthday布條雖然芭樂，但是也最省錢！只要簡單掛上去，速成製造趴踢歡樂熱鬧感！有些國外網站，還可以客製化打上壽星名！

成套的餐桌裝飾

生日趴踢免不了要用一大堆的紙杯、紙盤，小朋友們最愛的卡通人物通通給我來一整套！小女生的冰雪奇緣，還是小男生的超級英雄，通通應有盡有，餐桌上擺設得熱熱鬧鬧，加上繽紛的糖果&小玩具當伴手禮，小朋友就會很開心！

辦趴道具購物網

www.partycity.com；www.buycostumes.com

遊戲

玩賓果、比手畫腳，寓教於樂的英文單字接龍，什麼遊戲都可以！
墨西哥的傳統遊戲，Pinata打糖果！小孩都會玩到瘋！

Music

iTune、KKBOX、Spotify，辦趴的前置作業，媽媽辛苦點，上音樂分享平台多抓些適合孩童的活潑歌曲，帶個無線揚聲器，透過手機藍芽播放，炒熱現場氣氛！記得，喇叭&手機都要先充滿飽飽的電啊！

伴手禮

身為主人如果有預算準備伴手禮，蒨蓉建議不妨購買弱勢團體製造出產的禮盒，讓我們將消費力化為愛心，We are so lucky! 感謝老天爺給我們的恩賜，我們的孩子健康，我們衣食無缺。當我們在為自己孩子慶生的同時，藉由支持性的消費，此舉也能關照到身體殘疾、生活貧困的孩童。

錢可以少花，但是心與力省不了！

kids party巧思辦，
澎湃又熱鬧，
其實不需要
花太多錢喔！

我們家哥哥的
生日趴主題
「怪獸電力公司」！

最好媽媽沒有獎！

「最好媽媽沒有『獎』！我到底圖什麼？！」
兩個兒子從剛生出來，圓嘟嘟的蓮藕手，一付米其林寶寶的模樣，到現在把他們養得越胖，馬麻我看得越得意！

兒子們無肉不歡，最愛牛排，那天我煎了塊大牛排，看著兩個心愛的兒子搶吃肉的模樣……眼前的一切，頓時切換成《陰屍路》的異想世界，好像兩個小殭屍正在吃我的膠原蛋白，吞盡了我一去不回的青春！

奉獻給家庭孩子的這些年，我又留給了自己什麼？

無悔的青春！

我敢自誇自己是個好媽媽，說我是wonder woman也不為過！不但經濟獨立，自給自足，在外光鮮亮麗，獨當一面；教育孩子也是自己來，煮飯家事更是一把罩！常有人說：「蒨蓉妳好棒，我一天只能做三件事，妳卻能做十件事！」

最好的媽媽沒有「獎」，但我天天都很拼，因為唯有經營家庭的成就感才能讓我滿足！千萬人的讚賞，敵不過兒子的一句「馬麻妳好漂亮！」；全世界的肯定，也不如兒子說愛我的緊緊擁抱來得踏實。

愛的獎賞，就是愛，雖然看不見，卻最閃亮，最讓人神往！

我常聽到媽媽們哀怨，有了孩子，就沒有自己的人生。姐妹們，愛家庭的同時，更要記得～愛～自～己！每天除了拼老命的寵愛小的老的，我也很認真的照顧自己，由裡到外～維持美貌，不只自己開心，孩子聽到有人讚美自己的媽媽也會感到驕傲；抽出時間讓自己享受小確幸，適時紓壓並充電，自然不會因為歲月的消磨，累積出「失去自己」的怨懟。

相信我，有漂亮、快樂的媽媽，孩子會更快樂，有自信！

天下老母們，共勉之。

母親節禮物

「我不想要的母親節禮物」
我不要名牌包包，因為我已經買夠多了！
我不要鑽石珠寶，反正我也當不了玉婆伊莉莎白泰勒。
我不要鮮花蛋糕，你以為是在過生日啊？！
我不要出國度假，如果是自己一個人的話，還可以考慮考慮⋯⋯

「我想要的母親節禮物」

我想要睡到自然醒聞到咖啡香。
我想要面對一個空蕩蕩的家，對，越空越好！

空到不要有小孩的尖叫，沒有搶玩具的爭吵，空到不要有老公問
我早餐有什麼吃的；空到不要有狗來跟我搖尾巴，給我想要出去
大小便的可憐臉；最好空到家裡安安靜靜，只有時鐘滴答滴答的
聲音。

我想要手握一杯熱咖啡，站在陽台上晒太陽。

雖然沒有高山水流，綠地藍海，面對無聲的建築物，此景更勝五
星villa景觀。
雖然沒有鳥叫蟲鳴，捷運刷過的呼嘯聲，此時聽起來也彷彿是安
撫人心的樂章。

我想要，如果我夠幸運的話，微風會輕輕吹拂我的臉龐，跟我說聲母親節快樂。

我想要，如果兒子們夠貼心的話，桌上會擺出他們手繪的賀卡。

我想要，而且我一定要，好好的上個大號！

以上的母親節禮物是「我想要」的夢幻劇本，接下來是「我得要」的現實版本

我得要聽著尖叫聲起床，解決兄弟們之間的鬥爭，外加一家大小的早餐。

我得要抓準時間整裝赴約，和婆婆媽媽們吃午飯，還要送上紅包表示我有在盡孝。

我得要面對一家大小老老少少混亂的場面，還要負責維持秩序。

我得要熬過飯局，利用下午空檔解凍切菜，準備晚上燒飯的食材。

我得要告訴自己，快了快了，已經過完大半天了，再撐一下，明天又是全新的開始。

我得要安慰自己，還好還好，一年只有一次母親節。

天下的媽媽都是「不」一樣的！如有同感者，願妳夢想成真，母親節快樂！

Chapter Three

家有惱公

個性不合

我老公跟我可以說是完全截然不同的個性！
我在那邊泡澡點個高級香氛蠟燭，想說來浪漫一下，他鼻子敏感嫌太香喊頭痛，吹熄蠟燭趕緊開窗開門要通風；而他呢，時常綜藝咖上身，手舞足蹈地耍寶想逗我笑，偏偏我笑點高，覺得很難笑嫌他無聊，他又說我沒有幽默感……

哎，這個是所謂的opposite attract嗎？我想是吧！我買個名牌包，他在那邊哀哀叫好貴，他老兄坐個計程車，黃湯下肚大爺上身，給小費給1000！要不是我跟他一樣喝了幾杯，我就來當司機小李，1000塊我來賺！

男女之間異性相吸有太多的因素，有些人是志同道合有相同的興趣，有些人是個性大不同以互補取勝，我想我們是後者，分手的原因可以很多，大部分的人都會說個性不合，理由雖然芭樂但個性合不合還真重要！

我跟李祿祿約會七年，在一起的時候從來沒有懷孕過，偏偏就在第七年我倆之間的感情搖搖欲墜時，不小心把肚子搞大了，不曉得這是老天爺開玩笑還是給我們另一條路走，這一個不小心我們兩個人又糾結了十一年～ 以前還是男女朋友時，我家跟他家離超近，走路只要十分鐘，但是我們兩個卻從來沒有同居過，偶爾一年一同出國度假一次，每次從未超過一星期，時間上算起來，在一起七年，出國七次，每次七天，7×7=49，我跟一個男人在一起

根本沒有超過50天，就在懷孕五個月的時候，莫名其妙的嫁了！

結了婚以後我才知道，TMD，我們真的是個性不合！

在外面、在人前，我冷酷他熱情，我悶騷他外放，年輕的時候，我臉皮薄容易害羞，總是被外界誤解我高姿態，類似像晚宴的應酬場合，我只會靜靜的坐在位子上，不知如何與人攀談，老公總是拼命跟我使眼色，只差沒有在桌下用力踢我腳，提醒我要主動跟人打招呼、主動敬酒，現在當然不一樣了，隨著年齡的增長與老公的調教，我學會姿態放柔軟，我開始會主動寒暄、熱情擁抱，臉上總是保持微笑，看到阿姨的叫姐，叔叔叫哥，有時候喝開了會太嗨，開始大小聲，開始耍寶，開始叫錯名字，通常這種情形三次裡面會有一次，如果發生這種情形，回家免不了會被老公碎碎唸一天一夜！

「李蒨蓉，妳都幾歲了！怎麼還這麼不用心！」沒辦法，我這個人喝多了，卸下武裝腦袋也懶得轉，除非是很熟的朋友，應酬場合的點頭之交，哪位大老闆姓什麼，家裡是什麼大企業，說老實話跟我沒關係，我通通懶得記！認識有錢人又不會讓我變有錢，跟我有什麼關係嘛！我要是過目不忘，我就去當公關，我就靠交際手腕吃飯啦！我要是千杯不醉，我就去酒店上班啦！要不然就是酒酣耳熱時大家開心唱那卡西，我也要上台湊熱鬧，還被老公「技巧性」的帶下台，在我耳邊說，不會唱歌不要丟人現眼，媽呦，這裡是私人聚會又不是金曲獎，我又不是歌手，我本來就走花瓶路線，我要是會唱歌才奇怪哩！由此可見，我老公人幽默耍寶功夫一流，是大家眼裡的開心果，但是他凡事都有分寸，而我呢，平常ㄍㄧㄥ得要死，往往一放鬆，形象我管它三七二十一！

我隨便他潔癖，他吃塊餅乾要用盤子接，我是拿著一包洋芋片到處走，我龜毛他凌亂，我的衣物通通是按照顏色排列，他少爺一件衣服丟在地上，可以整整兩個禮拜不撿！我謹慎他隨興，凡事我喜歡計畫，餐廳要訂位、電影要訂票，他老兄跟著感覺走，心血來潮想要吃什麼，想要幹什麼，反正有我這個私人秘書可以通通搞定，我不善言辭他舌燦蓮花，我任性他成熟，如果我是個叛逆的高中生，他就是個愛說教的老頭，我愛運動他懶惰，我天真他邪惡，我相信人性本善，他認為人性本惡，我容易自卑他總是自我感覺良好，我容易悲觀他是標準的樂天派，我晚睡早起，他早睡晚起，我美他不帥，我不會唱歌，偏偏他唱起歌來好聽的要人命！

兩個人隨著時間相處久了，彼此之間也會互相影響，互相改變（本篇文章的前面一段已經詳細敘述），個性不合不見得是壞事，不要急著分手，多想一想對方的好，想想彼此的互補，人生的道路上會有許多導師，有時候也許是父母、有時候也許是朋友，有時候也許是另一半，夫妻之間彷彿是一面鏡子，他會反射出你的潛意識，照出你內心的渴望，或是大刺刺地照出你的盲點！只要是人，相處上一定會有磨合，我已經結婚十一年了，到現在我們都還在磨合，尤其婚姻裡的磨合期可能要花上妳一輩子！不要期待用爭吵去改變對方，不要覺得自己委屈求全，更不要逃避性的跳開放棄，記得時常放大另一半的好，久而久之，他的缺點也就不會那麼的討厭了！

就像我說過的，在一起七年快要分手時突然懷孕，*老天爺注定要把我們兩個人綁在一起，彼此互相學習，互相成長～*

男人上酒店

女性友人問我：「老公上酒店妳OK嗎？」

「我OK啊！為什麼不OK？」

「他們在酒店關在包廂裡搞七捻三妳OK？」

「我OK啊！男人上酒店不就是跟妹親親抱抱，難道去那邊用眼睛看？想要純唱歌就去錢櫃，便宜多啦！」

去酒店就去酒店，我情願老公老實說，也不要用騙的，有些女人就是想不開，她們不懂眼不見為淨的藝術。

在亞洲社會，上酒店是男人之間普遍的應酬文化，沒有酒客，不會有酒店，更不會有酒店妹，這是一個市場供需很簡單的道理。我也曾經問過老公，為何一票男人一定要去酒店？談生意為何不去坐咖啡店，想喝酒想看妹就去夜店啊！在男人的想法裡，一票男人坐在那邊大眼瞪小眼乾喝酒不是很悶嗎？來點柔情陰陽調和，你配一個妞，我點兩個妹，有男有女，氣氛比較輕鬆嘛！

寫到這，我老公有交代，叫我千萬不要寫是他說的……

「那點酒店妹坐檯只是純粹陪你喝酒？」

「對呀，要不然哩？」

「都沒有親親抱抱，牽牽小手？」

「沒有啦，酒店妹不能隨便亂摸的啦！」

挖哩勒，放屁！

我沒有放「」號，因為那是我心裡的O.S.。

我不接話也不追問，我更不戳破。

酒店我也有去過，裡面長什麼樣怎麼玩我大概也略知一二，話說十幾年前還沒有結婚時，我飛去上海找老公，不知道為什麼，那天一票人上酒店，我是唯一的女生，我也跟著去了。噢，原來酒店是長這樣啊！其實就跟KTV包廂差不多，只是多了小姐作陪，多了公主跪在地上幫你倒酒。老公的朋友們大多是單身，跟酒店妹勾肩搭背，有時候還會親親小嘴，過分斯文的曖昧像是在演瓊瑤劇，看在我眼裡還挺好笑的。當時老公跟我有默契的保持距離，現場沒有一位小姐知道我們是男女朋友。好啦，故事的高潮來啦，老公身旁開始有妹主動靠近，離老公坐好近，近到手臂黏手臂，大腿貼大腿，我看得一清二楚，說老實話，這種事情我本來就不太在意，我放寬心胸，自己在那邊唱歌high得很，畢竟我可是這一票男生的哥們，如果現在突然大嫂或是女朋友上身，豈不是很不上道！

唱唱歌我伸伸懶腰，中空裝露出平坦的小腹，老公看到過來摸摸我的小肚肚，小小動作彷彿是在默默地跟我說：「寶貝，謝謝妳的體諒與配合。」說時遲那時快，坐在旁邊的酒店妹手一揮把老公的手打掉！醋勁大發！第一秒包廂裡所有的人傻眼，接下來第二秒大家哄堂大笑，傻傻的酒店妹還不知道大家在笑什麼哩！小

小插曲現在回想起來，還是令人莞爾。

有些老婆就是沒有辦法接受老公上酒店，有些男人就是會用騙的，然後呢？搞得彼此爾虞我詐。是誰規定偷情只能在半夜？人夫利用午休時間幽會小三成為「午妻風潮」的新聞報導層出不窮，酒店妹也不一定是外遇對象，人妻們不要亂冤枉。沒有玩過的男人臨老入花叢，上酒店開葷昏了頭，最後妻離子散，偷吃成性的慣犯，這種男人連去理容院按摩都可以來個「special」。老婆大人真的無須妻管嚴，分秒查勤，隨時準備抓猴，明理大器的老婆要懂得，待夫之道就像放風箏，風來了順勢隨風飛一飛，風停了再漂亮地收回線。讓老公去見見世面無傷大雅，酒店其實沒有那麼邪惡，有自制力的男人就是要會玩，也懂得拿捏分寸，謹記，**唯有家庭的美滿與老婆甜蜜的愛，才是放在男人心中的那把尺。**

現在偶爾，男性朋友會帶我上酒店，老公都唸我浪費朋友錢，說酒店開銷大，有我在朋友鐵定玩不開，我說，不是，是酒店妹都在跟我聊天，忽略了真正付錢的酒客，朋友很不爽！

男女大不同

男人上酒店我們擋不了，那我們女人可以上鴨店嗎？當然不行，很抱歉，姐妹們！雖然舊蓉我高唱女性意識抬頭，但是這個世界就是這樣不公平，男人上酒店是稀鬆平常的應酬文化，女人上鴨店就是萬惡不赦！所以才會有人說，男人花心是風流，女人出牆是下流。更何況我李舊蓉長得這麼正，要我花錢請男人喝酒，門兒都沒有！

有一次經紀人轉寄一張照片給我，第一秒我心一驚，第二秒我噗哧一笑！是什麼照片哩？一張我老公跟一個妹，兩個人臉貼臉玩親親的照片，老公眼睛半開面無表情，那個女生閉上雙眼，嘴巴嘟嘟，一付要親上去的模樣，感覺很陶醉……XD 這張照片被貼在某個八卦社團的臉書上，還附上圖說「這不是李X蓉的老公嗎？XX模特兒經紀公司的小模OOO……」整個輿論的走向，都將箭射向小模，怪罪她不檢點，為何要去沾惹有婦之夫，竟然沒什麼人酸我老公有問題？

這調調聽起來是不是很熟悉？每每有外遇事件，大老婆都是原諒偷腥老公，提告謾罵小三，千錯萬錯都是邪惡小三的勾引。摸把良心，男人不脫褲，小三怎麼會把腿打開？

這張照片對我來說，沒有打翻醋罈子，就是笑料一則，作梗給我嗆老公。現在百毒不侵的舊蓉，就親身示範大家「大器」兩字怎麼寫？一樣不放過他，但不需要一哭二鬧三上吊，折損美女的姿態，談笑用兵，依然可以快樂馴獸。

照片疑雲的後續就是，老公先是辯稱兩人沒怎樣，而且應該是十年前的照片，我補踢一腳：「十年前的你沒那麼痴肥！來吧，我們一起拍張照留念，就你跟她照片裡擺的那個pose！」自拍過程中，我倆笑成一團，一點疙瘩都沒有。吃飯時老公撒嬌要我剝蝦給他，我故意糗他：「你怎麼不叫那位小模OOO幫你剝哩。」他說他根本不記得那位女的是誰？我就拉著他一起上網肉搜小模資料，發現她是位九頭身的高挑車模，我調皮地順著往他死穴搓：「哇喔！她的腿好長耶！應該到你的腰吧！你是不是墊腳跟人家玩親親？」老公被虧到自己也在笑，之後我還將照片寄給好姐妹們共賞，大家訝異我為何不生氣，我反問：「有什麼好氣的！感謝女孩為無趣的人妻生活添笑料。」

當然，嘻嘻哈哈之後，談笑用兵，老娘的立場還是要表明：「ㄟ，如果今天換成我，被拍到和某男模在夜店親親……」老公馬上辯解：「我真的沒親她！」我再進攻：「那你可真笨，沒親到、沒佔到便宜還被拍到，然後弄得我和你都灰頭土臉！若這次是我出去玩引起的風波，你能接受嗎？」他火速接話：「完全沒辦法！」「那我上鴨店玩Friday可以嗎？」「不行！」「如果哪天被拍到我有小王、小五……」話還沒說完，他的無名火瞬間被點燃，咬牙切齒：「那我會把妳的腳指頭一根根的剪斷！」

遇上老公的小花邊，相信很多大器的大老婆都有撇步。對蒨蓉來說，不用急著定罪老公，大鬧家庭革命或三娘教子的不停說教；最重要的是先別讓自己內傷，穩住陣腳，看清楚男女不平等的現實，利用幽默喚起老公的同理心&羞愧感，輕鬆看待小花邊，少了毀滅性的爭吵，轉化為夫妻小情趣，對自己、孩子和婚姻都是福音。

哭？不哭？

女人是種感性的動物，我們的眼淚不值錢。舉我個人為例，我的哭點很低，感動時想哭，生氣時想哭，委屈時忍不住要哭，難過時更會哭，尤其當我悲從中來時，淚珠滴滴答答地沒有辦法停。

大部分的時候都是無聲的淚，悲傷甩不掉時，我會躲起來哭，廁所、小孩房間、家裡各個角落都被我哭過了。為何要躲起來哭？我的哭是種靜靜的宣洩，不需要任何人注意我的釋放，沒有任何戲劇性的哭鬧，哭，是因為不由自主，但是我也很清楚沒有喧譁的必要。

當然，以前年輕的時候絕對不是這個樣子，隨著歲月的歷練，我學會了靜靜的哭，一覺醒來問題還是會存在，眼睛哭腫了，門還是要出，人還是要見，那幹麼要傻哭呢？有什麼好哭呢？well，如果人人都能練就情緒不易被牽動的好功夫，那就真的everything is awesome了！（《樂高玩電影》的台詞）

有時候前一晚沒消化的，隔天起來再繼續哭。我很幸運，不用上班打卡，大白天的可以默默躲在家裡哭，對於那些眼淚往肚子裡吞的職業婦女，我由衷的佩服，在此致上深深的敬意。

不一定是要感情出軌，婚姻裡的柴米油鹽醬醋茶都可以是哭的導火線。時機不對，情緒上來的時候，一咪咪的小事情都會被放大。你愛我，我愛你，也不能解決問題，夫妻之間的相處之道，

道理都知道，做不做得到見仁見智，說穿了，修這學分不僅需要智慧、好EQ、耐心與包容，更需要帶點心眼，跟枕邊人還要玩心機？累不累啊？沒辦法，現實生活中的婚姻畢竟不是童話故事，溝通與磨合就像行銷策略，沒有一步到位這種事，而且不好意思，這學分修到了終點也沒有畢業證書，沒有獎盃，就只有成就感三個字！又是一個不值錢但卻好重要的東西。

我們沒有古代人的指腹為婚，沒有結了婚才發現原來自己當不了好媽媽、好太太，改變不了現況就要學會改變自己。女人們，我再講一次，我們的眼淚不值錢，但是哭又可以讓我們很爽，哭不能解決問題，明明知道這次鐵定又是白哭一場，重點是在哭完之後，頭腦要更清楚，方向要更明確，意志力要更堅定，在婚姻裡，我們所扮演的角色：當個好媽媽是要對孩子交代，當個好妻子是要對老公交代，還有既然選擇走上婚姻這一條路，綜合以上兩點，我們就更要對自己交代。有人選擇放棄，如果沒有小孩，妳大可瀟灑離去，但是我不行，不管上天給我再困難的考驗，我都輸不起。

婚姻這條路沒有彩排，沒有複習考，妳就是要硬著頭皮邊走邊學，沒有人說這一路上會輕鬆愉快，但是請妳不要輕言放棄，因為***在披上白紗的那一天，妳就已經失去任性的權利。**_

等門

以前我還未嫁進門，婆婆曾經開示我，她這一生有三個男人，婚後不乏在家等門的日子，三個男人回家時間各不同，老公一點、大兒子三點、小兒子五點。

老公是我公公，大兒子是我老公，小兒子是我小叔。婚姻生活也是會寂寞的，等門是必經的過程，婆婆用輕鬆詼諧的方式自嘲，開玩笑地講，當時年紀輕輕的我，還聽不懂婆婆的意思，在結婚這麼多年後，我終於懂了，以後，兒子長大了，生命中多了兩個人讓我等門，我會更懂。

等待鑰匙轉動的聲音，等家裡的那一扇大門打開，等待心愛的人回來，這就是等門。

等待的心情鮮少是愉悅的，等待的過程很容易讓人胡思亂想，一個人的等待，會開始跟自己對話：「為什麼是我在家照顧小孩，你在外面飲酒作樂？」「為什麼早上九點上班，半夜二點還不回家？」平常要老公幫忙帶小孩、做家事，男人總愛說上班有多辛苦，藉口一堆，怎麼到了晚上在外面鬼混，就可以生龍活虎，這麼好體力？諸多的心裡不平衡，會讓妳越等越氣。

我常常跟老公發飆：「又不是你過生日，為什麼玩到那麼晚？」，「是別人結婚，又不是你結婚，幹麼喝那麼醉？」。我氣老公愛玩，我氣老公不體貼，我氣為什麼這麼晚還不回家，我

氣恨鐵不成鋼，怎麼老公比兒子還難教！我氣到今晚這個門我一定要等到，等到這個臭男人回家，我要好好跟他理論一番。

一個滿腔怒火的妻子，碰上一個夜歸的醉鬼，往往下場就是明明我有理，卻怎麼樣也說不清，氣到我睡不著，他老兄反而倒頭就睡，還在我旁邊呼呼呼地打鼾！

結果咧，酒我沒喝到，樂子我沒玩到，一個人氣呼呼的等了一個晚上的門，吵架沒吵贏，氣到內傷沒藥醫，外加熬夜，隔天臉色菜得像殭屍，《陰屍路》要是早幾年開拍，我都可以不用化妝，靠客串臨演殭屍賺外快了！現在回想起來，覺得那些年自己真笨！

有一陣子，我氣到開始鎖門，我想說用這種「懲罰」的方式，教訓夜歸的老公。我心想，在外面玩得那麼happy，我就把門反鎖，看你怎麼進家門！任性又衝動的行為，讓我錯得離譜。原本期待老公早歸，門一鎖只有反效果，鎖住夫妻之間的感情，鎖到老公乾脆連家都不回！還好，我們家的老公算是臉皮厚，狂按電鈴就是要回家睡！

老公堅持回家睡的原因

第一，這也是他的家，為何不能回？

第二，如果今天他真的一氣之下，不回家了呢？我豈不是更氣？！

講到這，我要感謝那段日子，老公晚回家雖然不對，但是面對興

師問罪的我，還有自以為高明的愛鎖門招數，吵歸吵，被鎖在門外的老公總是不厭其煩地告訴我，鎖門就是不好，只會造成夫妻之間情感破裂，越破越深！

後來，他還會簡訊預告我：「我今天會晚回家，請妳不要鎖門！」

哈哈，我現在回想起來，都覺得我們兩個好笑！

所以，結論就是，*夫妻之間千萬別鎖門！*

鎖到老公萬一選擇睡在外頭的溫柔鄉，那一晚，妳也許贏了面子，卻可能輸掉幸福一輩子。

近幾年老公變得越來越乖了，每天下了班，乖乖回家吃飯，應酬攤也減少許多。

偶爾要出去，他也會先報備，今晚的應酬會是早早回家的輕鬆局，還是晚一點才能回家的硬戰。

現在的我，既不鎖門，更不會等門了！老娘我的青春有限啊！不好好把握黃金時段睡美容覺，為了等門，等出黑眼圈，長出魚尾紋，我可不要！

對我而言，在我們家沒有所謂的門禁，回家的時間只要不要太誇張，我都可以接受。男人應酬在外，在家的老婆不要遠端遙控綁手綁腳，或是奪命連環叩的想把老公給叩回家，何必哩？

嘿嘿，偏偏我又是個淺眠的人，雖然我早早睡，但是老公在半夜幾點偷偷爬上床，我都能感應到，老娘我現在已經心如止水，眼睛微張瞄一下鐘，大概心裡有個底，然後我繼續睡我的。隔天早餐清算時，我會假裝若無其事地問：「昨晚幾點回家啊？」老公嘻皮笑臉地回：「大概一點半吧！」

「放屁！明明就是二點十五分！」，我臉不紅氣不喘地嗆。

「哎呦，妳怎麼知道？」，老公明明很心虛還想划啪拉ken!

哼，老娘我可是通天眼ㄟ！其實沒差那四十五分鐘，但是我也要讓老公知道，我是有在看時間的！

倦鳥終究是要歸巢，老婆多給老公一些空間和溫柔，彼此多些信任與體諒，到底是一點、兩點還是三點回家，老婆真的無須計較。敞開家大門，保持家庭溫暖的熱度，*老公每天回家都是跟我睡，才是最重要*。

爛屁股

這個世界上「爛屁股」有兩種：

第一種，笨賭鬼！
賭贏了，不走！
手氣正好怎麼可以走！
賭輸了，不走！
一定要再拗回來，怎麼可以走！
那什麼時候才走？
輸光了才走！！

第二種，爛酒鬼！
喝開了，不走！
氣氛正嗨怎麼捨得走！
喝茫了，不走！
沒再續個宵夜攤，怎麼可以走！
那什麼時候才走？
酒咖都散光了才走！！

由此可見，銘記四個字很重要：「見好就收」！

各位太太們，如何對付深夜不歸的老公？不用吵、不用奪命連環叩，歡迎多多分享蒨蓉的「爛屁股」故事，如果老公有慧根還有救的話，他會聽得懂的～

夫妻共享日曆

現在小孩也大了，不需要半夜盯哨和餵奶，老公也乖了，時常待在家，一家四口鬧哄哄，家裡多了許多溫暖與歡樂。週末星期六、星期天是家庭日，陪小孩上才藝課、跟婆婆媽媽吃個飯、一家人去郊外哪裡走走，或是悠閒的坐在大安森林公園草地上，來個野餐，老公和我有默契，這兩天絕對是把時間留給家庭的日子。

平日呢？忙死了、忙死了我！雖然話說哇係查某人，查某人好像天黑後應該就是待在家，燒飯帶小孩，可是歹勢！人家倩蓉我可是人緣好，應酬飯吃不完呢！什麼姐妹會啦、什麼幫月聚啦、誰要過生日啦、誰剛回國啦、誰又要出國啦！一大堆慶祝的名目，遇到旺季，忙起來感覺自己是個交際花。淡素！再怎麼忙，如果晚上要出去，我的基本原則是，一定會把老公、小孩的晚飯搞好，肉、菜、湯擺上桌才出門。所以有苦衷的我，總是背負著愛遲到的罪名，在朋友面前抬不起頭來。

哎呦，話題扯遠了，我想要講的重點是，忙歸忙，我和先生兩個人再怎麼忙，他何時出差，何時晚上有應酬；而我呢，雖然不用打卡上班，何時晚上有飯局，何時有活動要出席，我們彼此要如何協調時間，就變成一門功課啦。雖然小孩長大了，但還是希望家裡要有個大人，可以陪小孩吃飯、看功課，確定上床睡覺都很OK。如果晚上我有事，老公就會盡量把事情喬開留守家裡；如果今天他有事，那麼我也會是留在家裡的那一個。

今天晚上回家吃飯嗎？今天晚上應酬會到很晚嗎？口頭上的碎碎問，感覺好像不斷跳針一樣，我自己聽了都煩。啊，廢話，老公有回家就是五菜一湯，沒回家我跟小孩三菜一湯，很好搞定，對於家庭煮婦來說，差很多，okayyy？　其實，我本身就是一個不喜歡打電話查勤，或是奪命連環叩的老婆，妻管嚴 is not my style. 現在有各種通訊軟體對於我們而言更方便，但是說到update彼此的行程，老公和我有一個共享的Gmail日曆，手機一滑就可以很清楚知道雙方的行程是什麼。

我個人認為這是一個很不錯的方法，想要跟朋友約之前，檢視共享日曆，知道老公會在家，我也可以更安心的去外面吃吃喝喝，如果遇上撞期，我們再來彼此協調。往往有時候，看到老公下週的行程很空，我就會趕快挑上好幾天，安排自己跟朋友的聚會，有種先搶先贏的感覺，哈哈！

有一次好好笑，好不容易訂到一家我想吃的餐廳，想說那天跟老公來個甜蜜的約會，我就在日曆上新增事件邀請老公，「試吃新餐廳」，老公立馬回覆參加，後來我把事件名稱改成「跟老婆燭光晚餐」，結果沒有想到，老公回到家，一臉囧樣說，全公司的人都知道我們兩個要去約會，原來他的日曆也有跟公司的員工分享啦！他說下次這種私事，要先設定成私人事件啦！哎呦喂呀，金拍謝，就當作是老闆＆董娘曬一下恩愛囉！

如果老婆的角色屬於比較叨念的個性，如何更優雅的掌握老公的行蹤，使用日曆共享了解雙方行程，一目瞭然，不會漏掉事情，省去很多你問我、我問你，來來回回的時間，*夫妻一起分享日曆既方便，又可以維持兩人之間開放的溝通喔。*

到底要跟誰睡？

打從生完第一胎，舊蓉我就力推餵母乳好處多多！想當年，我甚至還加入了餵母乳協會，高聲提倡，媽媽們一定要親餵新生兒，至少到六個月！我們家兩個兒子，各自都是我親餵到八個月大才斷奶，一路餵過來我也餵的蠻開心。

餵母乳有太多講不完的優點，促進親子感情、避免產後憂鬱、幫助恢復身材、在營養方面，母乳能夠提供比配方奶更強的抵抗力！對於孩子的發育來講，絕對是百利而無一害啊！唯有一害可能，那就是可能，僅有可能，餵母乳唯一有可能帶來的缺點就是，餵掉夫妻之間的感情……

以我個人為例，當初我在餵小孩時，因為母奶成分好消化，小北鼻容易餓，幾乎每兩個小時就要餵奶一次，左邊餵完了餵右邊，右邊餵完了餵左邊，當了媽媽的人母都知道，孩子剛生出來是天賜的禮物，捧在手心的心肝寶貝，老公？我ㄘㄟˊ～ 早就被我踢到冷宮去。餵母奶的日子，我幾乎分分秒秒把孩子抱在懷裡，衣服一拉，奶一掏，就把北鼻的頭往自己懷裡塞，即便身為公眾人物，在公共場合老娘我也是大剌剌作風，嬰兒揹巾的布一蓋，在眾目睽睽之下，餵起奶來～

當母牛的時候，大概是舊蓉我有史以來，罩杯最雄偉的紀錄，姐妹們，海咪咪沒有什麼好羨慕的，炎炎夏日掛著兩粒F木瓜奶，沈重的負擔啊！咪咪變得那麼海，老公應該很愛啊！錯！餵母奶

的那兩年光陰，應該是我和老公感情溫度降到最低，婚姻亮紅燈的危險期。

新生兒隨時要喝奶，為娘的，根本沒有辦法一覺到天亮，我睡不好，旁邊的老公也痛苦。晚上小孩睡在嬰兒床裡跟我們同房，為了餵奶，半夜起床數次，坐在搖椅上邊「度沽」邊餵奶，實在是太折磨人了！後來我直接乾脆把小孩抱上床，大家一起睡，方便多了！只要感覺到北鼻一嗯嗯啊啊要喝奶的時候，我就身體一側，馬麻我邊睡邊餵，兒子也能邊睡邊喝，吃飽了，北鼻自己會把奶頭吐出來，我再下意識手拍一拍，聽到一聲長嗝，該階段的餵奶工程就告一段落。哎呦，現在回想起來，都覺得好可愛喔～（回味無窮的親密感啊！）

誰曉得，我老公天生少爺命，睡覺一定要全黑，外加超級安靜，老公嫌我開燈亮、嫌我製造噪音吵，哇哩咧，這麼淺眠，你乾脆去睡太空艙好了！老娘總是要幫兒子換個尿片，我自己也想上個廁所啊！這個就是先有後婚的後遺症，所以如果是以結婚為交往前提的男女，蒨蓉大推先同居試婚。偏偏我們就沒有，懷孕、結婚、生子，通通一起來，兩個人同床還在適應期，更何況中間還多了一個小孩！沒有辦法不餵小孩，我又翻來翻去的，老公根本睡不好，我自覺餵奶任務辛苦，他竟然不體諒，他認為一夜沒睡好，隔天要早起上班，又不能補眠，日積月累下來，身體遲早會垮掉，後來他決定不能再這樣ㄍㄧㄥ下去，於是我們開始分房睡。

這一分，當然也把感情給分掉了！一路走來，結婚初期真的有很多不愉快，磨合期最容易爭執吵架，大事小事，什麼都可以吵，

人家說夫妻床頭吵床尾合，可能抱抱一下就沒事了，可惜那時候為了餵奶分房睡，導致我倆關係越來越冷淡；有時候兩個人冷戰，沒人願意先低頭，許多事情悶在心裡沒有講開來，不滿的情緒越憋越深，惡性循環地看彼此不爽。

現在回想起來，覺得當時老公其實也挺可憐的。我們的第一間房子沒有客房，老公像哈利波特一樣，只能睡在衣櫃裡，我沒有誇張，一個房間裡面三面牆，擺滿了整排頂天立地沒有門的開放式衣櫃，不好意思，本人我行頭太多，主臥室擺不下，於是乎把客房大改造，變成衣物間。衣物間裡空氣不好灰塵多，老公的大鼻子天天過敏已經夠可憐了，衣櫃幾乎佔滿了所有空間，擺不下正規的單人床，老公只好買了一個行軍床，大家應該有看過守夜班管理員睡的那一種，可以收納的折疊式，要睡就打開來。光聽起來躺在上面就不舒服，老公情願睡行軍床，也不願意跟我睡，可見當時我們的感情有多差！呵呵，還好老娘我有撐過來，一切苦盡甘來，雨過天晴了！

現在我和老公的感情可以說是倒吃甘蔗，結婚越久越甜蜜。
其實仔細觀察我發現，生活圈周遭有一些媽媽朋友們，跟老公吵架不愉快，動不動生氣就回娘家，或是小孩跟媽媽太黏，時常卡在夫妻倆床中間，別誤會，跟小孩睡覺沒有什麼不好，但是萬一某些階段沒有熬過去，有些人這一睡，也把跟老公的感情給睡掉了，甚至最後離婚收場。當然，一對夫妻分手有許多因素，孩子是媽媽的心頭肉，誰不想每天抱著睡覺；但同時別忘了，妳的另一半，也是需要關注和陪伴的。

魚與熊掌很難兼得，要找到圓融的方式，到底要跟老公或小孩

睡？我有對夫妻朋友，他們生三個小孩，每天他們全家五個人睡在一起，兩張大床鋪在地上，連出國也是；我覺得非常可愛又溫馨。讓我想起來以前我剛生小孩時，買了一本育兒百科全書，厚度媲美辭海，還分上下冊。是美國一個權威小兒科醫師的著作，他自己生了三、四個小孩外加領養，算是大家庭，天天睡在一起！如何養育新生兒的疑難雜症，書裡都有詳細解說，讓我印象最深刻的是，作者提倡小孩在進入青少年期之前，多跟爸媽睡是好事。

而我們家現在，行軍床早扔了！平時我和老公睡在一起，但是到了週末，兄弟倆就來我們主臥房打地鋪，全家人一起睡！小小一間房充滿愛，好熱鬧！我想，這也是另一種促進親子感情、又不會冷落老公的好方法。

跟老公之間，不是只有「陪睡」，孩子剛生出來，往往很容易忽略掉另一半，多些主動關心，平衡老公的失落感。**媽媽們就算喜歡跟小孩睡，也要懂得分配時間留給老公**，花點心思製造浪漫喔！

請叫我粗腿李！

雖然老娘自詡為新時代女性，高呼女權，經濟靠自己，常常鼓勵姐妹們充實小內在，多看書、學習新技藝，出國旅遊長見識。但我必須要說，所謂膚淺的外貌，還是很重要，不能荒廢經營，畢竟女人得體的外貌還是魅力永遠的節奏。對於美麗，在三十幾年的歲月裡我從不鬆懈，即使當了娘，我還是天天愛美，不忘自己是女人，如果真有「外貌協會」的存在，我鐵定是永遠的榮譽會長！

然而，據蒨蓉觀察，很多婚前漂漂亮亮的女孩兒，結婚之後，漸漸的變得「美感失能」，頭髮剪短短、燙阿嬤最愛的小捲毛、出門就是一雙拖鞋，不搽指甲油，衣服越穿越寬，歐巴桑指數年年攀升。甚至開始放任身上的毛毛大爆炸，腿毛、腋毛……還有恥毛都大野放。有一次我和一位人妻去泡三溫暖，她的下方毛毛長年失修，從池中起身時，水的重力更誇張了第三點的版圖。讓男人嚮往的女人神秘三角地帶，在她身上完全失色，真是可惜了她豐滿上圍的好身材。

這一切怵目驚心的不修邊幅，身為女人的我都驚嚇了，更遑論留住家裡男人的視線與興趣。他們會對外頭的亮麗女生多看幾眼，也是很自然的，試問誰對美麗的人事物能抗拒呢？

拿老娘本人來舉例，即使像我這般認真的練出一身美麗線條，凍齡臉蛋100分，還有可愛的個性，在老公眼中我還是「粗腿李」！

每次請兒子幫我拿東西，他還會虧我：「不用幫馬麻啦，她是金剛芭比，很強壯！（上健身房的成果）」想想看，如果我再放懶的不修邊幅、不打扮，女人味銳減，不就馬上被打入萬年冷宮！

雖然老夫老妻，熟到哪兒長痣都知道，每天又有忙不完的家務，但姐妹們不要放棄當女人，修毛這種每週不花幾分鐘的好習慣，還有讓自己和他人都賞心悅目的基本打扮，婚後請好好保持住。**婚姻是一輩子的修行，修心、修身和修修毛通通要練到，才能修得幸福圓滿啊。**

幸福 人妻PS

每個男人對第三點的喜好都不同，不見得恥毛刮的光溜溜才討喜，但乾乾淨淨、修剪過的「神祕三角地帶」，一定是基本款。雜毛爆炸的叢林，男人看了一定會「倒彈」！姐妹們今天就振作，上沙龍請專業幫修一下都好，在床上給老公一點驚喜，妳也很可能會賺到意想不到的高潮喔！

姐姐我也會被搭訕

身為公眾人物，一結婚全台灣就知道妳死會了，婚後上夜店，台灣男人們雖然會自動退散，但不知情的老外還是會靠過來搭訕，小豔遇雖不足掛齒，但能讓老公知道老娘很有行情外，小小的虛榮心也是有益天天埋首於臭襪堆的主婦心靈！

最讓我難忘的粉紅泡泡，發生在去年夏天加州的維納斯海灘。正值暑假，帶孩子去遊學，那一天穿著比基尼和老公兒子在海灘上騎單車，三個臭男生看到街頭藝人在尬舞就湊過去圍觀，老媽子就一個人在路邊幫忙顧車。享受海風的片刻，突然被不知從哪冒出來的一位小鮮肉打斷了。異國混血的帥臉蛋，陽光般的笑容，劈頭第一句：「Do you Instagram？」（妳有在玩影像式社群網站嗎？）原以為他是要問路的，還來不及反應就回了：「No！」他頓時滿臉失望的丟了一句：「Too bad！you look cute though.」（太可惜了！妳看起來好迷人呢。）

好一陣子沒被這麼年輕的男生搭訕的我，這才回神過來～啊，原來姐姐我被搭訕了！和老公炫耀一下後，他笑我真落伍，現在年輕人都是先看過對方Instagram，才決定要不要進一步。天啊，那我剛是什麼恐龍年代的反應啊！老娘竟然還停在「what's your name？」的老派回憶，對新一代的求愛方式，完全不知所措。真是為了老公、小孩洗盡鉛華。

不管如何，腦海不對重複小鮮肉的搭訕片段，內心暗爽到最高

點，小小豔遇無傷大雅，卻打開了熟女的少女開關，讓我那天一整個下午，沉浸在粉紅泡泡的美麗好心情裡！姐妹們，當了媽也不要放棄被搭訕的權利，不是教妳玩隨時要讓老公吃醋的無聊遊戲，而是不要忘了愛自己，*好好保養肌膚和身材，保持魅力，偶爾「漏電」一下，讓自己和老公都能走路有風喔！*

半夜三點妳在哪裡？

男人在外風花雪月會讓老婆在家等門，那敝人相公，有等過偶的門嗎？讓我告訴妳，從來沒有！

難得晚上換我出去跟朋友走跳，老公乖乖在家陪小孩，如果一過午夜十二點回家，老公早早就在床上鼾聲大作，從來沒有一通電話叫我回家，從來沒有一則查勤簡訊，看來這傢伙對我還挺「放心」的嘛！

不過話說回來，我可是超會拿捏分寸，時間到了就一定回家，通常晚上夜店ㄊㄨㄚ，一定都是約十點過後，拜託，當媽媽每天早上6：30起床，夜店音樂再怎麼樣乒乒蹦蹦，瞌睡蟲一來，對我來說都是催眠曲，有時候又想去外面湊湊熱鬧，偏偏電力又不持久，年紀大了，真的沒有辦法再像年少輕狂時那樣玩，往往十點鐘出門，了不起嗨個兩小時就回家了，朋友都笑我沒路用～哎，這樣講起來，我根本就是仙度瑞拉的姐姐，她趕十二點，我一點啊。

反倒有一次，我去夜店找朋友，很吵，沒注意到手機在響，原來老公剛好在附近，好意想來找我接我回家。時間到了，姐姐我累了要回家睡覺，跟女朋友打聲招呼say good-bye，女朋友很貼心地找一個男生朋友，護送我上計程車，一路走走走，從樓上到樓下，穿過人群，離開大門口，老實說我也忘了這男生姓啥名叫誰，我只知道，人家很紳士，因為女朋友有交代，要護送我上計程車。

回到家，累死我了，當然馬上「噹」～倒頭就睡，隔天早上起來，老公臉臭臭，一直在跟我生悶氣，滿頭霧水的我覺得莫名其妙。後來我滑手機才發現超好笑，好幾通未接來電，半夜一點的手機簡訊「妳在哪裡」，兩點「妳在哪裡」，三點「半夜三點妳到底人在哪裡，為何不接電話？」，破天荒老公竟然會丟簡訊給我！我在哪裡？我當然在家裡呼呼大睡啊！啊，那你在哪裡？你不在家裡，怎麼會知道我在家裡，那半夜三點你在哪裡哩？

妳知道，**男人就是這樣，他可以玩，我不能玩，我可以找不到他，他不能找不到我**。當你找不著老婆，而且全天下的人都告訴你，你的女人跟另外一個男人走了，可想而知，老公開始胡思亂想＋醋勁大發，接著瘋狂簡訊。事實上，我早就在家裡睡覺啦。事後我問他，竟然找不著我，為何不回家？他老兄回，因為太生氣，所以想繼續在外面借酒消愁。我呸！這是什麼爛理由，根本就是愛玩！

一番解釋後，我和老公當然就沒事啦，不過呢，事後想一想，我一直以為老公對於我的信任，是因為他認定人妻我沒有搞頭，沒想到，那一晚，他竟然會為了一個假想敵，打翻醋罈子。可見在他心裡，老娘我還是有些魅力的，我還是有機會、有可能，會跟哪個男的怎麼樣了，嘿嘿，想一想，這種感覺其實還蠻爽的。

通常女人都是弱勢的一方在家裡等老公回家，*偶爾要反過來讓男人知道，我們也是有行情的！*

我家也有性感女神

話說N年前，老娘我還是小姐時，拍過許多性感照片，有一次拍攝FHM男人幫雜誌封面，這種以男性為主要讀者的雜誌，一定要搔首弄姿火辣辣，現在回想起來，叫我再擺出那根本不符合人體工學的S曲線，我可能會當場歪腰。

我記得當時接受記者的訪問，一連串關於「性感」的討論，其中有一個問題令我印象最深刻。記者問：「妳覺得什麼樣的睡衣穿起來最性感？」

沒想到我的答案既不是蕾絲，也不是情趣內衣，天真又自負的我回：「就是我每天晚上穿的，棉質T恤＋四角褲啊！」

天啊，多麼無趣的回答呀！

我可以想像記者在心裡翻白眼的O.S.……

拜託，年輕就是本錢，20歲出頭的我有胸有臀，有臉蛋，重點是我有青春，管它穿什麼，只要躺在床上就很性感了，okayyy？年紀輕輕充滿自信的我，當時的確是這樣想的。

哎，好漢不提當年勇，美女不提當年嬌啊，現在老了不一樣囉！上床睡覺依然是穿基本款，年輕時候的舒適自在可以很性感，上了年紀，棉質T恤＋四角褲，就變成跟電影功夫裡的角色包租婆

一樣，只差沒有叼根菸！

封箱已久的性感內衣

前陣子閨蜜結婚，姐妹們幫準新娘舉辦了一場bridal shower，每個人都要準備一個小禮物送給新娘，苦惱的我，實在不知道該送什麼好。突然想到好幾年前，有一段時間我買了許多Victoria's Secret，各式各樣的性感內衣，有吊帶襪，有幾乎透明的薄紗蕾絲，還有角色扮演的sexy costume，俏女傭、小護士我都有買！料子少的離譜，可不能穿上街去參加萬聖節趴踢，這種sexy costume是要躺在床上，嬌滴滴地幫老公打針的，哈哈！哎呦，越講越A……我打開封箱已久的性感內衣，仔細欣賞俏女傭配有雞毛撢子的小道具，小護士還搭上一頂護士帽，Victoria's Secret設計的真精緻啊！只可惜久久沒穿，性感內衣幾乎泛黃，有些甚至還未拆封哩！

奇怪哩，曾幾何時我失去了製造夫妻之間的情趣，身材上我也沒走樣，只是感覺熱情不再，整個人懶了……

把拔的禮物在哪裡？

聖誕節前夕，我在國外網站幫小孩瞎拼了一拖拉庫的童裝，包裹寄來時一大箱，兩個小傢伙興奮的拆呀拆，裡面當然也不乏馬麻我買給自己的禮物囉！老公在旁看了不是滋味，嘟噥了一句，一個那麼大的紙箱，都沒有他的份，買禮物的時候，我只有想到兒子沒有想到他。媽呦，一針見血講的我有夠心虛，當場我靈機一動，想到裡面有一件最近突然好流行，胸前多兩條細帶子的胸

性感女僕！

罩，時尚教主我也想穿穿看，酒紅色strappy bra，剛好連同紙箱新到貨！於是乎，我給老公一個曖昧的眼神，故弄玄虛地說著：「有，裡面有一個專屬把拔的神秘禮物喔～」，聰明的老公一點就懂，會心一笑回給我一個期待的眼神，我只能說，那天晚上，他很滿意～

所以由此可見，男人是視覺性動物，喔，抱歉，人類是視覺性動物，因為帥勾，姐姐我也喜歡看！美麗的東西我們都喜歡欣賞，視覺是最直接的刺激。

老夫老妻再怎麼恩愛，天天看也是會膩，今天就算一個男人娶了大美女，再怎麼國色天香，夜夜睡在一起，仙女也會變成凡人。

愛情再堅固，也無法永久保鮮。

結婚多年，男人的胸膛縮了，肚子也凸了，相對的，我們不再是青春的少女！在老公的眼裡，我們的奶應該也垂了，屁股扁了，腰圍也粗了！哎，沒辦法，這個世界就是兩性不平等，男人無需靠披披掛掛來點綴，我們女人卻還要準備兩套日夜款，不同「功能」的內衣，一套用來武裝自己，另一套用來取悅老公，辛苦啊！

唸歸唸，仔細地想一想，入夜後，上床前，多花點心思打扮自己，偶爾給老公嚐點甜頭，適時表現我們的在乎，夫妻之間維持性生活美滿，只有百利而無一害啊！

性感內衣真的有助興

魔術胸罩是穿給外人看的，老公每天看我脫光光像是在喝水，罩杯到底有多大，老公很清楚，所以說，雖然是「作秀」，其實挑選自然效果的就好，總不能穿上去是D罩杯，脫下來變A減，落差太大反而糗，自己人在家裡不用那麼假裝。男人不但是視覺性動物，還多用下半身思考，色誘老公，重點是擺在打破慣例。

性感的布料一定要，穿起來不舒服是正常的，目的是遮點不是遮肉。性感的顏色很重要，什麼膚色、白色、卡通圖案，通通給我閃一邊！心血來潮玩個角色扮演，穿上去會笑場也沒關係，重點是我們有心嘛！

平時做好保密收納，把這些性感雞絲收起來，畢竟神秘感要到

位，可不能事先破了梗啊！保持新鮮感，性感內衣需要時常更換，所以購買預算上，無需花大錢。記得經常變化造型，多給老公驚喜，才是關鍵。

謹記，夫妻之間和諧相處，性福自然來，如果反過來呢？老公老婆時常嘿咻，感情怎麼會差？偶爾打破一成不變，來點special，魚水之歡更美好～

老公常常對我說，怎麼娶了我十幾年，在他心中，還是覺得我那麼辣！

閨蜜 悄悄話

Strappy bra是近來歐美很流行的胸罩款式，設計通常是毫無胸墊的薄蕾絲，多了好幾條細帶子，倒Y字形的掛在胸部上方，細帶子沒有功能，純粹裝飾用。有幾種流行穿法，刻意把細帶子拉高，搭配領口鬆鬆的上衣，或是小露香肩，讓吸睛的strappy bra搶鏡！

網購就是有無法試穿的風險，明明看起來極性感的strappy bra，搭配一整套的丁字褲，怎麼被我穿起來像是包肉粽？！激情的夜晚固然浪漫，對於倒Y字形胸罩，老公可是看得霧煞煞，想說怎麼會有人設計這種怪怪的內衣？既無法遮點，還有一堆細帶子拉來拉去？於是乎我上網抓照片給老公看，老公馬上大讚，說我穿起來比model還好看。哼，算他反應快嘴巴甜，明明知道是諂媚的謊言，但是聽得我好爽。

好啦，兩千塊只會穿一次的性感內衣，值得了啦！

避孕

老公喜歡嬉皮笑臉，骨子裡頭根本是綜藝咖，他的臉上有兩個表情我永遠忘不掉。

第一個是十幾年前，我踏進老公的辦公室告知他，我懷孕了的那一晚。老公開心地大YA一聲，抱起我又叫又跳，還轉圈圈！充滿喜悅的心情反過來嚇了我一跳，當時的我自顧著迷惘，還不覺得幸福，現今回想起老公當時的反應，還算讓人欣慰，總比有些男人是用事後我會負責的沈重態度，要來得好多了！由此顯示老公真的很喜歡小孩，真心想要娶我。

十幾年後，不一樣了！

某一天我回到家，告知老公，我的避孕器拿掉了，老公聽了當場傻眼歪嘴，還給我哎呦喂呀的大嘆一聲！沒錯，很明顯的，可以盡情狂野性愛的好日子結束了！

男人就是這樣的自私鬼！為了莫名的雄性自尊，鮮少有男人願意去結紮，戴套的隔靴搔癢又讓他們覺得解嗨，就這樣，往往避孕的責任，總是落在太太的身上。以生理構造來說，男性的性器官是突出的，而女性是內收的，所以上帝創造亞當與夏娃，天注定就是要女性學會包容。

我時常看到女性友人為了數避孕藥而煩惱，要不然就是不小心鬧出人命，在那邊要生不生的掙扎半天，熟齡婦女保胎不易，不幸

小產又傷身。我逢人就大推避孕器真是個好發明，簡單方便又有效！還能改善經痛呢！

這麼好，我為何要拿掉？老娘我想再生啦！偏偏老公不願意給！老公說我們快要出運啦！等兒子們上大學，我倆就可以放輕鬆去環遊世界啦，如果再來一個小的，把屎把尿從頭開始，又要再熬個十五年……的確，理智的老公說的也是有道理，但是看著兒子們一天天地長大，我突然懷念起嬰兒抱在懷裡的奶香味，老公說我是中年危機＋日子過太閒＋母愛氾濫症候群，言下之意就是指我吃飽了撐著，胡思亂想！

生小孩，是兩個人的事，在我揭曉噩耗後，老公只好又乖又自動地去買保險套，而且，一滴不漏……

以兩次意外過來人的經驗告訴妳，**根本沒有所謂前七後三的安全期**，如果老公不願意配合，即便是在婚後，不再打算生的太太們，還是要懂得保護自己，選擇最適合自己的避孕方式。

可惡的名牌西裝！

關於我家那位愛美的老公，他不只是天生蜈蚣腳，擁有無數雙鞋子，還是個變色龍，連西裝、外套都多到衣櫃塞不下（P.S.連老娘我讓了位也沒用）。

我好心勸他，本人我都會定期整理舊衣，拿去二手拍賣，發揮環保精神，那些已經久久不穿，但仍完好的衣服，可以整理出來送給想要的朋友或是送進舊衣回收箱。隔幾天，大爺果真佛心來著，整理出一大疊西裝，都是他大學時期穿的名牌衣服，流蘇、大墊肩、大翻領……每一件都很像天王效果十足的舞台裝。

套套都是名牌，我看了之後建議修改後再穿，老公說這些款式已經不入時，改了也不會好看。於是他要我想想可以送給誰，我心裡暗自翻白眼：「大爺你嘛幫幫忙～～你腿那麼短，這批款式又這麼誇張，誰會要啊？！」我直白的告訴他，我想不到任何人選；但他又覺得丟進舊衣回收箱可惜，就要我讓他再想一想該怎麼處理。兩個禮拜咻的就過去了，衣服仍然堆在地上不動如一座小山，好狗不擋路，大剌剌地就在客廳的地上，擋路又刺眼！於是某一天，我趁老公不在家，老娘我一鼓作氣地把衣服通通丟進舊衣回收箱！

本以為老公會讚美我的果斷，幫他和不時髦的過去切八段。沒想到他一回家看到清新整潔的客廳，臉色一青地問我：「我的名牌衣呢？」我據實以答，他急切地追問：「那兩套直條紋、

女神我的鞋櫃被蜈蚣腳老公給佔據了！

窄身的Burberry西裝也一起丟了嗎？」當下我的理直氣壯也虛掉了：「那堆衣服擺在地上兩個禮拜，我以為你不要了……」他氣呼呼的說：「妳應該再跟我確認一次呀！壓在下面有兩套西裝是新的！如果我沒經過妳同意就把妳的名牌包丟掉，妳做何感想？！」嘖嘖嘖～這句話殺到要害，我一整個弱掉，直到今天，在老公面前，我還是抬不起頭來啊。至今我依然背負著、浪費、亂丟東西、不尊重的罪名……大人冤枉啊，我！

唉，我說，在外頭是光鮮亮麗的大明星又怎樣？在家還不是要當女僕，供大爺們使喚；幫忙丟垃圾，還要被罵到臭頭。**「做人」已經很難了，「做人妻」更艱難呀！**姐妹們說是不是？

沒有老公的情人節

老公跟我說，農曆年節前要去日本出差，我聽了滿心歡喜，馬上追問是二月幾號哪幾天？老公問我幹嘛？我說，我要在家裡開轟趴啊！老公無奈地搖搖頭，翻了個白眼回，二月十三、十四、十五號。YA！神經大條的我腦袋已經開始浮現辦趴的畫面了，隔了幾秒鐘，我才反應過來，心想，不對啊！二月十四號是西洋情人節ㄟ！

喂，先生，你馬幫幫忙，偏偏選在情人節出差，這樣對嗎？

其實這已經不是第一次了！每年二月固定在東京舉辦的展覽，老公非去不可，而且公司的人也要跟著去，聽說連員工都抱怨無法留在台灣跟女朋友過節。哎，叫女朋友來跟我聊聊，蒨蓉姐姐幫妳開悟啦！

通常遇到這種情況，想得比較多的老婆，可能會懷疑先生帶小三出國，重視過節的老婆，可能會非常不爽，畢竟，情人節沒有人願意孤獨一人嘛！

飛過去一起陪出差跟過節？不行，咱們家還有另外兩個小男人，我走不開，而且，我情願留在台灣辦轟趴也不要去東京吹冷風！哈！那天晚上連英文家教都照常到府教課。哎呦，都老夫老妻了，講句噁心話，如果感情好，天天都可以是情人節，何須在乎那一天？套句甘道夫在《魔戒》（or《哈比人》）裡說過的經典台詞：「年輕人還會為了愛情煩惱，真好！」心智上，我已經未

老先衰，情人節根本是年輕人的玩意兒啊！

大家都知道我是個非常注重生活情趣的人，但是某方面來講我又非常務實，想到情人節昂貴坑死人的套餐，還不如在家裡開瓶好酒，煎塊牛排來得香，浪漫跟幼稚，我選擇後者，Halloween & 聖誕節我會大費周章的計畫，情人節？真的還好……情人從來沒有換過，真的很難讓人期待啊～XD

我和老公也是在結婚好幾年、好幾年、好幾年後，才開始有慶祝結婚週年的習慣，記得某一年我沒好氣地問老公：「怎麼我們都沒有在慶祝結婚週年啊？」老公反問我結婚是哪一天？哎呀，這一問也把我給問心虛了！我才開始去尋找我倆在普吉島的大喜之日，十二月十三號，花了我一會功夫才把日子給找出來，而且以後我還要牢牢地記下來！刮別人的鬍子之前，要先把自己的刮乾淨，對，在寫完這本書之後，我再也不會忘記了！

結婚十週年我倆終於把小孩子放在家，去米其林餐廳享受一頓浪漫的燭光晚餐，嚴格講起來，前面九年，從未正式的慶祝過！然後，第十一年又忘記了……

某一天看新聞，台北市市長柯P在外跑行程，柯嫂在臉書上放閃說那一天很特別，結果節目主持人一問，柯P完全狀況外，壓根兒不知道那天是結婚週年，哈哈，原來這種「被忽略事件」不是只有我一人。

有些男人會買花送禮物，甚至特別設計驚喜的橋段，對我而言，那是電影裡的橋段，年輕的時候我不屑，嫌老公送花太土氣，現

人越老越愛花！不用等人送，買花給自己才是懂得寵愛自己的真女人～

在老了容易滿足，看到花就開心！我這個人怎麼這麼好打發啊！

男人嘛，總是有講不完的冠冕堂皇理由，什麼情人節、結婚週年，就跟報紙一樣，只有單天效應，特別的節日有心愛的人陪伴固然美好，**但是女人啊，與其被動的等待，不妨先學會如何過生活。**

老公不在家真好

好老公天天回家吃飯，沒有乖乖回家吃飯就是壞老公，果真是如此嗎？

聽說日本文化是這樣子的，一對男女偷情後，第一站是摩鐵，第二站就一定是燒肉店，這樣才能掩蓋剛洗完澎澎的肥皂香呀～ 還有正在打拼事業的先生，下班後沒有應酬就代表沒有行情，很容易被太太瞧不起！哎，我只能說，日本男人真辛苦！下了班不能馬上回家，也不能隨意去吃燒肉啊！

結婚的頭幾年只要是老公不在家的夜晚，我很容易寂寞，小孩子早早上床睡覺，家裡空空蕩蕩感覺好寂靜，我一個人在家會來回的踱步走，彷彿躁鬱症發作，一定要沒事找事做，我既出不了門，待在家裡又悶。時常叫閨蜜到家裡來陪我，單身的姐妹有情有義，電話一通馬上到，有時候開了好幾瓶紅酒兩個人對喝，喝累了醉倒在沙發上，老公回家驚見嚇一跳。後來有幾個閨蜜上了黑名單，老公回家門一開就毫不客氣地說：

「怎麼又是妳？」還說要把酒櫃上鎖幫我們戒酒！哈哈，回想起來還真好笑，感謝姐妹們臉皮夠厚，陪伴我那段「等門」的歲月，她們現在都各自結婚生子了，蒨蓉我也揪不動了！而且重點是，我反而期待老公不在家的時候，嘿嘿！

有幾年，我和老公的感情真的很不好，只要有摩擦、不愉快，夫

妻之間時常冷言相向，相敬如「冰」，即便是老公在家，我們的互動也是卡卡，老娘我臉臭起來可是一付婊子樣，是人看到我，都想給我飛踢兩腳，可想而知，家對他而言，是座冷颼颼的冰宮，一點都不溫暖。外面只要有局，他一定會去，原本理當是應付的應酬，反而變成了他的解脫。尤其到了尾牙季，更是誇張，一個禮拜七天只有一、兩個晚上在家吃飯，如此地惡性循環，婊子我放不下身段，老公也不願意回家，兩個人見面一吵，開口閉口就是要離婚，同床異夢的痛苦走過好幾年，現在的局勢完全不同了！舊蓉我的婚姻是如何撥雲見日，妳要慢慢地把這本書看完才會知曉。

聊點開心的，這篇文章的重點，是要人妻們懂得如何享受老公不在家的美好，現在老公幾乎天天回家吃飯，有時候體貼起來還會簡訊問我，需不需要幫忙加菜。天啊，我以為脫離望夫的日子，從此夫妻感情和睦，日子就好過了，老公天天回家吃飯固然溫馨，不過，太太們要知道，老爺難伺候，眼大胃小，桌上的菜色不夠多會被嫌，老爺回家吃飯，燒飯的人壓力大啊～ 我還有個人妻女友難得燒一次飯，結果老公竟然去開肉鬆，就知道那天的菜色不合男主人胃口，妳說，做老婆的壓力是不是很大？

當然，現在我們李家菜已經沒得挑剔，只是老公不在家的時候，煮個水餃，來個蛋炒飯，我跟兒子們也可以吃一餐，多簡單、多好！馬麻我，輕鬆啊！

老公不在家，我可以抱著一大碗洋芋片躺在床上追影集，邊吃邊看戲，多爽！老公在？門兒都沒有！他會叫我坐在餐桌上乖乖吃！潔癖個性逼死人，臥房內不但零食禁入，上床前還要搓搓

一個人
也可以
粉浪漫～

腳,把腳底板的灰塵撢掉!我李蒨蓉長得人模人樣,也愛乾淨,但是真的沒有那麼潔癖!

年紀大了,去夜店我嫌煙味重音樂吵,老公不在家,孩子睡了,掛上耳機選幾首old school舞曲也可以自high,衣衫不整的在家跳舞真的很爽,好幾次我這樣被老公撞見,他還笑我幼稚。

老公不在家,叩一叩、揪一揪,還是可以召集閨蜜開轟趴,已婚的跟著一起罵老公,單身的說一說外面的風流豔史,讓人妻我聽一聽過過乾癮。女生們宅在家,吃點心、喝小酒,說說笑笑,多開心!如果老公在家,women's talk講話當然不方便囉～

現在,對我來說,*一個人的夜晚不再寂寞,倒杯紅酒,拿出一盒巧克力,放片DVD,我會好好享受這個屬於我的夜晚～*

食伴

有一次我去錄《小燕之夜》，特別來賓有我、阿雅、錢韋杉，那個時候阿雅剛剛生完小孩，是女娃四個月大，錢韋杉跟我一樣都是兩個兒子，小孩都比我的小一些，大家都是舊識，阿雅剛當新手媽咪，節目製作單位希望我們大聊媽媽經，其實那一集我說的話並不多，因為我的小孩都大了，當初怎麼生、怎麼養，對我來說彷彿陳年往事。

反倒是那一次錄影有一件事讓我印象深刻，當時不曉得為何，突然天外飛來一筆，我問了一句：「老公和小孩妳們會比較愛誰？」

沒想到阿雅和錢韋杉竟然異口同聲地回：「當然是愛老公！」

她們的回答讓我接不下去，出乎意料的答案讓我傻眼，尤其是剛剛才生完的阿雅，女兒才四個月大，不是應該最沉浸在為人母的喜悅嗎？

孩子怎麼養大的，我可能記不清楚了，但是有一幕我這輩子永遠忘不了！那就是我生第一胎的那一天，在手術房裡醫生把剛從肚子裡拿出來的新生兒靠在我臉龐，讓我「驗貨」，護士小姐們的恭喜聲在耳邊此起彼落，感覺好遙遠，剖腹產下半身麻醉的我，昏昏的反應遲鈍，而且全身冰冷，唯一有溫度的，是我的雙眼，看著眼前的這一坨顏色發紫卻在哇哇大哭的肉，一秒瞬間我熱淚

盈眶，內心波濤洶湧的感動，但是流下來的卻是無聲的淚，這是我生平第一次感受到何謂深達到心底的觸動！

後來生第二胎，我也是有哭啦，只是情緒上的刻骨銘心，永遠無法與第一胎相比。

以夫為天也許是東方女性的傳統美德，的確有人重視老公勝於小孩，我所認識的人當中，有人為了陪老公出差，可以把小孩丟給外傭跟老公出國好幾天，這是身為人母的我一直無法理解，對我來說，孩子生了就是一輩子的責任，沒得換也沒得退，老公不是不重要，只是說，硬要比起來，小孩換不了，老公還有可能會換，也許因為我是單親家庭長大的背景，總覺得婚姻沒有所謂的永久保固。

那天錄影完，我把跌破眼鏡的答案告訴老公，可想而知老公沒好氣的說：「本來就應該要多愛老公一點！」*反應像個跟兒子爭風吃醋的老頭……*

結婚初期，我雖然手裡抱著孩子，心裡卻沒有家的概念，我有氾濫的母愛，我是個凡事親力親為的母親，但是我卻不懂得如何當個好妻子，跟另外一半吵起架來，總是毫無顧忌的暴衝，我像是個瀟灑的遊俠，彷彿可以隨時揮揮衣袖說掰掰，老公是什麼？要男人幹什麼？反正我走到哪孩子就跟著我，我一個人就可以搞定！

在跌跌撞撞了這麼多年，我發現我錯了，我慢慢領悟到，原來我需要一個家，看似堅強再漂泊的人也想有個避風港，一個美滿的

家就是我的心靈雞湯，讓我踏實、讓我滿足。現在的我懂了，多愛老公一些是對的，我依然把孩子放第一，在服侍兩個小少爺之餘，我沒忘了老爺，所以時常跟朋友開玩笑說，感覺上我有三個兒子。

隨著婚姻生活一年一年的過去，老公這個角色在我的心裡開始有了不同的位置。結婚前，他是陪我吃喝玩樂的男朋友，結婚後，他是孩子的爹，有時候我看他像是家裡最老又幼稚的大兒子，有時候感覺他是個愛說教的老頭，夫妻在一起久了，激情退去，愛情混雜著親情，好多的感覺把我倆綁在一起，讓我們難分難捨的並不是結婚證書那一張紙，而是這個家緊緊地把我們扣在一起，老公常對我說我是他的心靈伴侶，這句話比任何甜言蜜語還要來得窩心，很難有任何人、事會變成我們之間的芥蒂，因為我們是生命共同體。

我倆都知道總有一天，孩子們會長大離開這個家，剩下來在家的會是我和他，現在我們還年輕，手牽手去看電影就已經很甜蜜，以後走到人生的下半場，家裡不再鬧哄哄了，老夫老妻昇華成彼此的食伴，也許之間的話不再多，但是多一個人陪妳吃飯，總是多了一點安全感，也許是習慣，也許是他就是妳，妳就是他⋯⋯

所以人妻們，顧好妳未來的食伴吧，免得以後只有一個人寂寞得吃飯！

女人不壞，男人不愛

大家都聽過，男人不壞，女人不愛，但是如果我把這句話反過來說呢？女人不壞，男人不愛？我告訴妳，壞女人還真多人愛！

在前面蒨蓉花了這麼多的篇幅給妳洗腦，女人要懂得愛自己，拿得起也要會放得下，捨得花錢打扮自己，學點什麼投資自己，騰出時間去旅行，製造姊妹們之間women's only的獨處時光，但不是叫妳不負責任，當個賢妻良母不代表失去自己的人生，也不是叫妳耍任性，畢竟熟女到了這種年紀又嫁為人妻，亂發脾氣會很顧人怨！在老公面前我們可以嬌滴滴，盡量百依百順，在人前我們要盡量幫老公做足面子，可是老娘告訴妳，在家裡，我才是老大！對，就是這一句話，*老娘我才是老大！*我時常對我老公講！

孩子是我生的，奶是我餵的，飯是我燒的，沒有我根本沒有這個家！結婚的頭幾年，老公連家裡的微波爐都不會用，直到現在東西放哪裡通通要問我，今晚吃什麼也要看我臉色，小朋友更不用講，凡事都是馬麻、馬麻！所以說，我不是老大，誰是老大？

有一次我跟一票人妻中午聚餐，其中多了兩位男生，朋友帶來的新面孔，我也是第一次見面，吃飯的尾聲，大家要拍照打卡留念，我們竟然拍了兩個版本，一張大合照，一張只有女生，為什麼呢？因為有幾位人妻說「不方便」跟異性合照，怕老公看到臉書會生氣！所以大家打卡只能放「清一色」的那一張囉～ 挖哩勒，都什麼年代了！人妻連跟異性合照都不行？在我的觀念裡，

有異性朋友健康又正常！難道我結了婚只能純交女性朋友？講到這，我要大大誇讚我們家老公既民主又開通，我也有幾個要好的男生朋友，大家偶爾會約吃飯、出去玩，我的作風是據實以報從不欺騙，只要行得直坐得正，又不是一對一約會，不怕人家講閒話，你們男生會上酒店，我就不能光明正大跟男性朋友聚會？沒有道理吧！我老公都被我這種「理所當然」的態度，訓練到習以為常了。

況且，我李蒨蓉在江湖上還是有點行情的……雖然年紀不小又已婚，但是我凍齡又火辣，以女性的角度，今天如果一個女人有身材有臉蛋，身旁的老公禿頭肥肚，我們會八卦說她結婚是為了錢；今天如果是一個男人年老色衰，旁邊帶了一個辣妞，我們更會八卦說那個女的跟這個男人在一起是為了錢。哎呦，拜託妳，全天下金城武只有一個，妳的老公是有多帥？我的老公是有多帥？大部分的老公還不都是鮪魚肚，笑起來又很頹（台語），難道我們結婚都是為了錢嗎？人家說，夜店無真愛，我跟我老公還真是在夜店裡相遇的真心相愛！以男性的角度，如果老婆大器又漂亮，他會顏面有光，走路有風，我把自己維持得性感又漂亮，女人嫉妒我，男人羨慕他，功勞都是我在做，所以妳說，我不是老大，誰才是老大？

人性本賤，如果我們永遠在那邊，喚之則來，呼之則去，男人不見得會珍惜，為了顧家庭把自己搞得人老珠黃，帶不出場面，那我告訴妳，妳就真的一輩子只能待在家裡！我們不用講話大聲，但是態度上，偶爾大女人是OK的，偶爾讓老公當奶爸，自己出去跟朋友風花雪月是OK的，偶爾讓他知道，老娘我在外面還是有

很多人哈，是OK的。

我記得有一次跟老公冷戰，好幾天沒講話零互動，老公出差要出國，出發前一晚竟然在浴室鏡子上貼了張小紙條，原來精蟲衝腦的他想要藉由愛愛跟我和好，他都先低頭放下身段了，夫妻床頭吵床尾和，這個道理我當然懂，於是乎那一晚我就讓他如願

以償，甜蜜又浪漫～當時為了啥事不愉快，現在當然根本不記得啦！

男人要知道女人不好惹，尤其老婆大人不能得罪，把我惹毛了，早餐只做給小孩沒有你的份，早上7：30自己出去買！

怎麼當個壞女人？很簡單，自私一點！眼界放寬一點！如果妳只會講滿口的媽媽經，那麼妳的人生就只有茶水油鹽醬醋茶，老公、小孩是一輩子的，他們不會跑，多出去交朋友，人生到了某個階段，嘗試些新東西挑戰自己，學個新語言，學個新才藝，還是替自我設定個目標，往往過程當中，多少會犧牲掉一些家庭時光，但是不要忘了，媽媽在家庭中是舉足輕重的角色，老娘我開心了，這個家才會和樂～

我時常警告老公，不要欺負我，對我好一點，以後走到風中殘燭之年，是我在後面推輪椅，可不要讓我懷恨在心啊！哈哈，他可憐地回，明明都是我在欺負他！老公是獅子座超級大男人，但是現在連他自己都感嘆，在家裡他森林之王的霸氣，已經被我磨成小貓咪了！*真的，女人不壞，男人不愛啊！*

給老公的話

這本跪婦女神婚姻奮鬥記，是蒨蓉自剖酸甜苦辣，寫給全天下人妻人母們的mur mur，但是如果有機會的話，以下這一篇不妨拿給老公看看。

女人跟男人不一樣，我們耳根子軟，幾句好聽的話我們馬上釋懷，我們無法永遠保持25歲，但是無論如何，你的胸膛是我們唯一的依靠。

你窮困的時候，老婆陪你一起打拼。

你發達的時候，老婆依然幫你精打細算。

你的秘密，老婆永遠是最忠誠的守護者。

你犯的錯，到頭來老婆總是選擇原諒。

野花固然美又香，別忘了，家花才是支持你最大的力量，

外面的風花雪月玩玩可以，但尊重老婆就等於尊重你自己。

對老婆好一點，多說幾句我愛你，沒有人會聽膩，買點禮物不要小氣，雖然說老婆不愛麵包，只愛你，也可以送個愛馬仕代表你有誠意。

女人如花，酷寒嚴霜會讓花枯萎，唯有細心呵護，定期施肥。一朵花需要溫暖的陽光，雨水的滋潤，才會美麗的盛開，鮮花讓世界微笑又美好，老婆的角色就像一朵花，有美麗的花，你的家才會漂亮～

記住，老婆快樂，你就快樂！

Chapter Four

珍愛自己

出一張嘴也很辛苦

我身邊不乏貴婦朋友，各個養尊處優。有次印象特別深刻，一桌子人妻吃飯，只有一個貴婦帶小孩上桌和我們一起吃，小孩還小，需要人照顧，但是，她一個人卡了四個位子，她一個，小孩高腳椅一個，左右兩邊各一個褓母，一個餵飯，一個擦嘴，坐在小孩兩邊好像左右護法，媽媽坐旁邊，從頭到尾就出一張嘴，對褓母們發號施令伺候小孩。

孩子吃飽了，就叫司機把他們通通送回家。坐回來第一句話就說：「小孩終於走了，累死我了！」我整個眼睛馬上轟一聲噴出火！我的個性凡事親力親為，這種話讓我聽起來格外刺耳。以前小孩子餵奶，把屎把尿換尿片，我們都是自己來，也沒在叫什麼，剛剛蒨蓉我坐在同一桌，目睹整個過程，妳沒抱過小孩，沒動筷子餵兒子吃飯，不但有兩個保姆隨侍在旁邊，還有司機幫忙送回家。當下我只覺得這位貴婦超討厭，在我心裡直翻白眼：「妳到底在累什麼？」

這個例子雖然誇張但事實經過在我眼前上演，那種出門不能坐計程車，穿高跟鞋沒辦法走在馬路上，沒有褓母無法獨自帶小孩出門的貴婦，對我而言，算是世界奇觀，打從心裡覺得可悲又好笑。話雖然這樣說，但我也不能一竿子打翻一船人，一粒老鼠屎壞了一鍋粥。在我的社交圈裡，還是有許多貴婦朋友，系出名門依舊樸實可愛，日子過得認真又實在。

同樣的，我也會想，大眾的眼光看我是藝人，我在那邊自虧是「跪」婦，大家是不是也覺得我在無病呻吟，有這麼多人幫我，我李蒨蓉怎麼可能會累？也是，我有私廚、有家教、家裡也有人幫忙打掃，連我自己去運動時，都還有一對一的教練。你們是不是也在想，拜託，妳有那麼多隻手在幫忙，怎麼會累？

這個道理就如同今天去聽交響樂，台上指揮家似乎最輕鬆，不用吹、不用彈、不用打，不用做任何事，但是為什麼常常會指揮到一身汗？就像大宅門，當一個總管家其實很不容易，大事小事一把抓，所有東西在他們腦中要先run過一遍。所以說，我累不累？老娘我累死了！不管前一晚有多累，每天早上6：30起床陪孩子吃早餐，送他們上學，短短不到一個小時的相處時光，對我而言都很寶貴。每天家裡晚餐要吃啥？買菜、要燒什麼菜，都要經由我決定，吃不完的隔夜菜都是阿母我的午餐啊！研究生大姐姐天天來家裡陪小孩寫功課，但是睡前的bed time story還是留給馬麻我。

有錢沒錢、是不是生活白癡、是不是好媽媽，都無法劃上等號，如果經濟上有能力，請個幫手讓自己喘口氣，也不是壞事，我說過了，聰明的女人懂得借力使力。重點在於，母親是一個家的靈魂人物，孩子的成長過程，我們要在場參與，家庭的和樂與否，通通要靠我們維繫。我身邊的貴太太都有一堆幫手，我說她們不辛苦嗎？做人可千萬不能有酸葡萄心態啊！*出一張嘴看似很容易，但是交代人家做事情、教人家做事情，也是一門功夫學問！*

看看別人、想想自己，總有一股自己十項全能的感覺，哎，原來我還不夠格，只會動手不會動腦，*有朝一日，我也希望我能從跑腿的小嘍囉，升格成總管家！*

70抽面紙

跑趴達人李蒨蓉，堪稱時尚模範生，NG片段不是沒有過，Nu Bra 露餡兒，假睫毛飛起來，拍照沒笑好歪嘴斜眼，這些窘況我通通 發生過！倒是有一次參加時尚趴踢，被記者嫌棄，至今回想，小 小心靈依然很受傷……

當時蒨蓉我穿戴光鮮亮麗，拎了一咖名牌包，記者上前詢問品 牌，我還得意炫耀說：這是BV限量款，全球限量一百個喔，包 包裡面還有編號以示證明。蒨蓉我的編號是28/100，也就是第 28個，邊說邊翻給記者看，*結果包包一打開，一大包70抽旅行 包面紙就醬子給我趴～跳出來！*本意要賣弄的虛榮心，結果掉 漆！記者也笑我，唉唷，妳怎麼裡面放一大包這個，好醜喔～ 笑 我外表這麼時尚，內裡這麼阿桑，當時真糗！

拜託～我們當媽的人，面紙、濕紙巾這種基本配備出門可是一個 也少不了，大包裝的70抽面紙，蒨蓉我用習慣了嘛！反倒是袖珍 型的小包面紙，會讓我很沒有安全感。不管去哪裡，我一定要帶 一包厚厚的面紙，才安心！我的面紙強迫症還嚴重到如果這包70 抽只剩半包，我會再拿一包新的，放進包包裡，等於帶一包半70 抽出門！哈哈！

今天我在診所看見一位媽媽，在櫃檯掛號時翻弄著她厚厚的皮 夾，裡面塞滿了各種會員卡，以及孩子們的健保卡，怎麼那麼 多張啊！這位媽媽到底生了幾個？我心想，好奇的我還偷喵到有

老公的健保卡……哎，這種一個人當全家助理的感覺我很瞭，想當年老娘我也是從沈甸甸的媽媽包一路揹過來，尿布、奶瓶、毯子、玩具、孩子的換洗衣物，通通往包裡塞，大包還要再配小包，每次出門彷彿是個小旅行。如今熬出頭，現在改抓手拿包囉！偶爾有時候，如果我的包包稍微有空間，家裡的三個男人會不約而同地在我包包裡面「加重量」，書蟲哥哥丟書，弟弟放玩具，老公放車鑰匙&皮夾，是怎樣？你們這些少爺出門就是要很瀟灑的兩手空空就對了！

你們有沒有搞清楚，我才是大明星ㄟ，以前上通告、拍戲，都是人家幫我提大包小包，現在是怎樣，你們的所有東西通通往我身上丟。人家說、藝人都有左右手，化妝師幫你化妝，助理幫你拎包包，要喝水，有人遞給你，但是在我的世界裡，根本不是這回事。一家子出門，這三個男人永遠是兩手空空，鑰匙我帶，濕紙巾、面紙我帶，孩子上體育課，毛巾放我包包，有時候過分到，連水壺都放進來。老公不愛皮夾放口袋，覺得褲子鼓鼓的很醜，也要往我包包裡丟，哇哩咧，有沒有很誇張？還有現在流行滑平板，一個iPad一個mini，包包重到裡面像是放塊磚，讓我忍不住想抓狂。

老娘我受夠了！從今以後只會帶小包出門，不留空間給你們，自己的東西自己拿！話雖如此，手拿小包的貴婦，還是全家人的「跪」婦！家裡所有的大小事情，通通靠我打理。兒子的眼鏡配好了，我要去拿，老公的西裝乾洗，我幫他送，婆婆約吃飯，我來負責訂餐廳。有次很好笑，朋友看到我滑行事曆，行事曆上哪天有事情，就會有一個小點點註記，朋友看了都笑我：哇，妳有好多點點喔！我只好苦笑地回說，對啊，所以我無法光用看的就

告訴你哪天有空，因為我，每天都有點點啊！

因為這種個性使然，加上我的面紙強迫症，現在蒨蓉我出席時尚趴踢，為了在背板前拍照美美，我都會用手拿包裝腔做勢一下，事實上，在我身後，經紀人拎著一個大包包，裡面備妥所有雞絲：化妝包、濕紙巾、礦泉水，還有我的70抽面紙啊！呵呵！

經驗讓我學習到，雖然在家是「跪」婦，秉持著時尚態度的最高精神，哪怕包包小到只能放手機。

出門我們還是要當貴婦喔～

放風看秀的幕後心酸

每次穿得光鮮亮麗參加活動，很多人會對我投以羨慕眼光，尤其是人妻媽媽們，都覺得說好好喔，可以打扮漂漂亮亮去參加party。但事實是什麼呢？且聽我道來～這類時尚活動通常晚上七點才開始，我們六點就要到場stand by，七點十五分開始拍照，在品牌店晃一晃，跟VIP聊聊天，和公關、記者寒暄，然後接受個訪問，拍拍照、打個卡，算一算回到家大概八點半。

你知道嗎？兩小時內的風光，只侷限在臉書上，對我而言，臉書粉絲頁本來就是炫耀、打卡、擺漂亮東西的地方，我要是每天po我帶個浴帽，在廚房忙裡忙出的照片，有誰會想來按個讚？大家都會想去看自己鮮少擁有的東西，這不就是人性嘛！所以每次放這些美美的照片，日子好像過得風光無限好，殊不知，短短九十分鐘放風去看秀的幕後心酸有很多。

因為六點半要stand by，往前推到四點半，要預留兩小時做妝髮，但我必須要更早，因為五點鐘孩子們放學回家，我要先張羅他們的吃喝。下午三點就要請梳化到我家來set兜，好了之後還不能換衣服，我要先弄一些菜，怕油會噴到衣服上。出門之前，還要整理好家裡，確定好老公和小孩吃什麼才能放心出門。我還記得有次參加活動在禮拜六下午，那個時間正好是小朋友才藝課的尖峰時段，一面看秀，我還偷偷走到角落跟老公說：「老公你別忘記，等下三點半要去接弟弟鋼琴課下課喔。」盯老的去接小的。

現在這些講起來沒什麼了不起的小事，都是放風去看秀的behind the scene啊，表面在看秀，暗地裡要操的心可一點也沒少。***但是你說，我會因為這樣就不去看秀嗎？NO！*** 當然不會，就算殺破頭也一定要衝去的啊！雖然只是九十分鐘的happy，我還是要出去拍個照，看看漂亮東西，打卡、喝香檳，見見老朋友，嘻嘻哈哈之後再趕回家幫孩子簽聯絡簿，你看我切換角色多來去自如啊！

我的時尚進化論
Styling for myself

大翻轉！從被翻白眼的「白目西施」，到被按讚的「氣質公主」。從青春無敵的少女，一路走到現在輕熟女的階段，我的衣著風格和對性感的定義，也隨著人生智慧的累積，漸漸地轉變成長。用現在的眼光回首過去的那位小妞，連自己都搖頭呢。怎麼說呢？

我算是早婚的人，老公又大我七歲，結婚之初，老公帶我和他的朋友聚餐，我都是一群太太們中間年紀最小的，也是穿著最火辣的！因為正值花樣年華，又不甘於只是當個做菜洗衣的媽咪，想要好好揮灑青春的本錢，不留遺憾，外加當時對性感的定義很淺薄，只懂得一昧的曬「辣肉」～大露背、深V、穿短到不能坐下來的迷你裙……出席聚會。惹得當時較年長，一身套裝或及膝裙的一幫太太們，對我投以異樣的眼光。管不動我的老公，也不解的頻頻碎念。

當年就像個無知的小女孩，覺得她們只是忌妒我或觀念太保守，但年紀、見識漸長，尤其在過了35歲之後，我才大澈大悟，原來那時的自己有多可笑！對性感的定義好狹隘，質感真的很差，難怪會讓太太們觀感不佳，大翻白眼！就像我現在看到美眉們，前胸大露北半球，後臀秀出南半球，性感尺度無上限，也會替她們捏把冷汗，揪心一下。

封殺迷你裙，專攻過膝裙

不經一事，不長一智，我現在懂了，性感是一種態度和自信，而不是狂曬辣肉。調整、找到自己的氣質後，有一回遇到一位曾經見證我輕狂歲月的大姊，那天我穿著一條過膝的長裙，她見到我滿臉笑容也迎過來：「蒨蓉，妳這麼穿，人更漂亮了！好像公主，好優雅喔！」聽了真的好開心，可以美美當公主，誰還想要當西施呢？！

優雅，是永遠必修的課題。裙子長一點，讚美多更多！所以現在不管在國內外血拚，蒨蓉公主完全封殺迷你裙，火力全開，專攻過膝裙！不但老公封口不再碎碎念，還常常被人稱讚。姐妹們，女人不只要內在長智慧，外在的「衣Q」，除了跟上時尚腳步外，更要隨著人生階段的開展而進化喔。

一點點的小自戀，是女人進步之必需與動力。我們一輩子，每天辛苦的保養、運動，節制美食，終究是希望自己能夠美美的，讓自己、也讓全世界看得賞心悅目。對愛曬太陽的蒨蓉來說，在海邊穿比基尼，展現好身材，是一件很健康又具美感的畫面，當然會想po上網和大家分享。但我家老爺可不這麼認為，每次看到我秀比基尼照片（是的，這位仁兄會追蹤我的臉書），他就會頭上三把火的逼我簽切結書，保證不會有下一次。老娘就愛挑戰他：「你老婆身材好，不是讓你很有面子嗎？」他的回答總是那一句：「身材好，我知道就好，不用全世界都知道！」

看吧，沒辦法，台灣男人就是有大男人的DNA，就算我老公平常是個開明人，但比基尼這關怎麼說他就是過不了。沒關係，反正

我也是個大女人，咱們這一題就來個無解吧。夫妻事事眼對眼，人生不就無聊透頂了！造反有理，相處更有情趣嘛。

質感走強十年UP！投資時尚經典

進階輕熟女世界，如何讓質感、時髦手到擒來？蒨蓉覺得現代女性重保養、追流行，所以在外表上，普遍比上一代至少減齡5～10歲。輕熟女們，真的不用過度擔心自己顯老，為了要和美眉們PK，而在衣著上效法少女。衣著合宜，和年齡相稱的觀念，不是要妳包緊緊，變成拘謹老處女，而是錢花刀口上，投資在好感度能走強十年以上的經典單品。

我的哲學是，日常衣服可以跟風玩流行，在平價品牌中找樂趣，過季汰換也不心疼。但包包和外套，是營造質感的關鍵單品，我會放寬預算做投資，精選經典款，務必極大化效益，至少好好帶著它風騷十年以上。名牌包部分，下手前一定要針對各品牌的經典款做功課，才能保值保時尚。不敗款外套，蒨蓉強烈建議一生一定要有一件精品皮衣！台灣的天氣冷不到哪去，輕薄又有型的皮衣，百搭又耐看，就投資在妳喜歡的設計師品牌吧。

貴婦瘋

灰姑娘嫁給白馬王子，從此過著幸福快樂的日子，童話故事的夢幻收場，這一句經典收尾，道出了普羅女性對愛情的憧憬，還是大家都想麻雀當鳳凰，不用工作也可以有玻璃鞋穿？

我想，不勞而獲才是重點吧！

現在貴婦不稀奇，外面隨便一把抓都是，大家流行搶當貴婦，尤其女明星一結婚，記者馬上追，這是好門還是豪門，這個豪門又有多深？貴婦亂象一窩瘋，有假貴婦被踢爆，有真貴婦要當藝人，有名的要追利，有利的要追名，有搞不清楚到底是小三還是小五的，也被媒體捧成貴婦……到底當貴婦有什麼好？

妳是哪一款貴婦？手心向上的貴婦？實在的粿婦？還是任勞任怨的苦情跪婦？俗話說：「出得廳堂、入得廚房、上得牙床」，出門是貴婦、在家是賢婦、床上是蕩婦，身為一個女性，如果能夠做到以上三點，肯定是男人心中的完美女神啊！男人可以沙文主義，而我們女人呢？不是也希望另一半，高、富、帥？最好還有一點點格雷的陰影！哇～哈哈！

人各有志，我只知道，蒨蓉我可以很驕傲又大聲地說，我也是貴／粿／跪婦啊！一路走來，我很幸運，酒沒少喝，肉沒少吃，A～Z的牌子也沒少買過，但是往往總是在繳了可觀的學費之後才發現，其實快樂&幸福是無形的，唯有從內在肯定自我價值，妳

才能真正感受走路有風的涼快，即便手上拎的是環保袋，也無所謂；而自我價值，必須靠不斷地充實&努力，才能創造！說起來籠統，但是沒關係，學費是一定要繳的，不過或多或少罷了，而我自己也在等畢業的那一天……

姐妹們，人人都可以當貴／粿／跪婦，出門高貴是種態度，該犒賞自己的時候，不要手軟，保持頭腦清楚、精算家計，唯有不讓自己在虛華物質的世界中迷失，才能教育下一代正確的價值觀。在家裡下跪，根本不丟臉！不過不是叫妳跪給老公看，意思是凡事要親力親為，有能力照顧家人，把孩子們養得頭好壯壯，與老公感情甜蜜，家和萬事興，管它是哪一種貴／粿／跪，偶們就成功啦！

Add oil～

原來我是一顆鑽石

有一次出席活動，事前與公關公司開會，討論工作內容，這是一場美妝品牌的出席活動，除了我，還有另外三位美麗的媽媽：賈永婕、Melody、徐曉晰。節目過程有一個安排，四位人妻要秀出具有自己個人風格的金沙畫，永婕的畫是一件婚紗禮服，Melody是一台鋼琴，真是貼切啊！都符合了她們的職業與興趣，曉晰的有點像是風景畫，這個我有些看不懂，是不是在說她時常在旅行呢？而我的畫，不知該哭還是該笑，它是一枚「大鑽戒」！

哈哈！這代表我是一個物質性的象徵嗎？為何它不是一把鍋鏟或是一支口紅呢？我每天都在家裡燒飯，也時常拍攝彩妝教學呀！或者為何它不是一雙夾腳拖或球鞋哩？基本上這是我最常穿的兩款鞋。我想想，也對！鮮少有人看過我去運動時蓬頭垢面的模樣，或是揮汗燒飯時戴浴帽的造型，大家對我的印象永遠都是穿著美美，光鮮亮麗……請問，這也間接代表了無層次（膚淺，物質，公主病）嗎？這讓我聯想到前陣子與某位知名節目製作人碰面，聊天的過程她一直對我歌頌某位女藝人有多戀家？有多偉大？會上傳統市場買菜，會自己燒飯……等等，當時我睜大眼睛配合演出，口口聲聲說：哇～是喔，她好厲害喔！哼！我真是深深驕傲地覺得自己長大了，EQ高一點了，演技也更上一層樓了！哈哈！其實我心想：啊！要不然哩？！買菜燒飯，這是大部分家庭主婦要做的事啊！我也天天在做啊，這有什麼了不起，因為是女藝人就要被歸類到例外的少部分嗎？這種感覺就好像時常有人會問我：蛤？妳都自己打部落格喔？妳都自己剪片喔？妳

還會自己開車喔？雖然我都笑笑地回答：對啊！但其實我心裡的O.S.是：啊！要不然勒？順道一提，我都自己洗澡刷牙喔！這裡不是好萊塢，這裡是台灣，我管你媽媽是誰，任何人去迪士尼也是要排隊買門票，不可能包下整座樂園。

跪婦燒完飯的圍裙，丟到洗衣機之後；一旦踏出門，我們就要當女神！

Diamonds are girl's best friend !

絕響？！老公送的第一顆鑽石

閃閃發亮的珠寶，是每個女人的大夢，也是永不退潮，為質感加分的經典。在職場累積數年銀彈，想把部分投資砸在鑽石珠寶上，好像順理成章，但對心臟不夠大顆，荷包也不夠深的舊蓉來說，仍是玩太大的白日夢。

而且，雖然我是大女人，時尚行頭都靠自己，從沒和老公伸手過，但總是覺得珠寶是愛情信物，應該由老公送啊。更何況我的偶像伊莉莎白泰勒，可以寫入歷史的璀璨珠寶收藏，通通都是前夫和情人們送的，是不是超浪漫！

時空拉回，我的第一顆鑽石，其實就是我的婚戒，兩克拉心型鑽戒，但在我心裡的定義，這是我婆婆當年提親送的大禮，不算是老公的求婚戒。所以呢，這幾年我時不時就會盧老公送我鑽石！某年生日，他果真精心策畫，讓我在睡醒第一眼，就看到女人夢想的、綁著純白緞帶的藍色小盒子擺在床頭邊。前幾秒鐘，如他所料，我高興得燦笑如花，沒想到盒子一打開，瞬間心情跌到谷底，忍不住潑婦開罵：「李德立，你懂不懂啊！怎麼會挑鑽石耳環，這麼小，像米一樣，又這麼貴，何必浪費！而且拜託拿出你對自己那百雙好鞋殺無赦的美感和氣魄好嗎？這兩粒小米搭我深邃又精緻的伊莉莎白泰勒五官～能、看、嗎？！」

一頓火發完，浪漫也沒了，只留下一臉莫名其妙的老公（姐妹們真的不要期待男人會懂珠寶）。就這樣，老公送的第一個

（maybe也是最後一個～哭哭）鑽石禮物，至今仍被我塵封在櫃子裡，而我，再也沒收到任何一顆鑽石了。

Battle of the Bling！女人的戰爭～要命的鑽石

歸根究底，女人戴珠寶，究竟是戴給誰看？

不是為了讓男人多看自己幾眼，而是為了讓其他女人傾羨，恨得牙癢癢。說白了就是女人之間的競爭、比較心態。蒨蓉剛結婚時，內心也曾落入比不停的深淵，有兩克拉鑽戒就覺得自己很了不起，每次出門都要戴它愛現一下。沒想到，一出家門，就輸啦！外頭的世界，兩克拉是「幼幼班」好嗎，五克拉、十克拉……滿天飛，怎麼比得完？

想要靠珠寶幫自己加分很正常，但如果一昧的想和人比較，或證明自己的身價，就會很痛苦。其實得失心，完全操之在己。我現在看得很開，不會用珠寶來定義自己的價值和份量。在寰宇之中，我就是無可取代的唯一。bling bling只是我的裝扮遊戲，真假不用太計較。為造型添亮點，不一定要靠鑽石，在流行飾品中被廣泛運用從平價到中價位都有的「鋯石」，閃亮效果就很好，各大精品品牌這幾年更發揚光大。*愛美遊戲，何必太認真？！以假亂真，只要自己看得開心，就是最大贏家！*

鑽石浴缸

有一陣子朋友圈裡大家瘋狂迷貼鑽，貼手機，貼相機，貼化妝鏡，連愛馬仕包包都貼，蒨蓉我盲目地追求流行當然也沒有免疫，你能想到該貼的我都貼了，但是你可能萬萬沒猜到，連我家的浴缸都是非常繽紛耀眼的說～

你以為我是要跟台灣濱崎步、王彩樺一較高下嗎？有次看到某報導，她連家門牌都是走萬丈光芒的風格，我看彩樺姊是中毒太深，至於我呢？可不是虛榮到需要個鑽石浴缸，幻想自己貴妃出浴，話說剛搬新家時，兩個小鬼天天吵著要泡馬麻的大浴缸，還要帶著湯瑪士小火車跟他的好朋友們一起洗泡泡，馬麻我低估了那一台台的小火車玩具，原來個個具有超強的殺傷力，就這樣我的鑄鐵浴缸，當初還是跟老公拗裝潢預算買來的高級鑄鐵浴缸，兩個兔崽子在那原本美麗圓滑的弧度上硬生生用小火車敲出了一個大洞！天崩地裂啊～雖然我又氣又心痛，但是看著浴缸邊緣處的破洞，我心想誰要是刮到了，鐵定皮破血流，叫我花錢買個新浴缸我可不肯，趕緊叫工人用水泥把破洞給補起來，偏偏天秤座的我愛美又優雅，天天面對一個不完美的浴缸，我洗澡起來就是給它不酥胡！

嘿嘿！靈機一動，聰明的我心想為何不用貼鑽的方式填補破洞呢！但是想到市場行情價光貼個手機就要一萬多塊，那貼個浴缸豈不是要幾十萬？第一，浴缸無須貼滿，第二，這個時候施華洛世奇的水晶再閃耀都別想來跟我家浴缸做朋友，第三，雙手萬

能，我要DIY！

跑到台北市內湖區的汽車材料行，我找到超大顆的亮鑽貼紙，雖然買下來也要好幾千塊，但是使用方法超簡單，背膠撕下來貼上去，大大小小的美麗白鑽填補了我浴缸的傷口，不好意思，由不得我在此自誇手藝好，連女朋友來家裡都會為我的bling bling浴缸尖叫，啊～我深深覺得我自己是個美麗與智慧集結於一身的女人。講到這，讓我想到還有一件喀什米爾毛衣，因為正中央有一點咖啡漬洗不掉，我請人貼上bling bling的無敵鐵金剛圖案，有好多人以為那是件PRADA毛衣，都問我是不是在國外買的。

哎！人生不就是如此嗎？當某個環節出包時，無法重新再來，就只能選擇用不同的方式去掩蓋它，也許是故作堅強，也許是刻意高調，也許是當作沒事，尤其是嫁為人妻的女藝人，婚姻生活更是被大眾用放大鏡審視，「我真的很幸福」似乎變成明星人妻回答記者的口頭禪，拎名牌包戴大鑽戒，強調自己嫁豪門，夫妻合體牽手證明我倆很恩愛，這些招數大家都在做，家醜不可外揚，我問你，有誰會哭哭啼啼告訴記者說：我真的嫁錯郎！我老公偷腥！其實我家沒有錢！就連對簿公堂的怨偶，都還是要優雅的分手，感謝彼此生了這麼可愛的小朋友。

我很清楚我李蒨蓉的老公不是那種書呆子乖乖牌，但是媒體幫我倆編導的精彩劇情，我得承認的確帶給我不少壓力與困擾，我曾經很難過，為何大家都要用懷疑&同情的眼光看我，為何大家要質疑我的快樂，記者會問，上節目主持人會虧，我不懂，明明我很好，為何我還要努力解釋，見不得人好，這是酸葡萄的人性，朋友安慰我說，對於其他那些剪不清理還亂的娛樂新聞，我這算

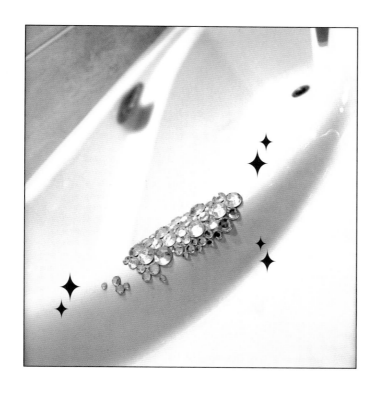

是小兒科。的確，不認識不熟我的人，只看得見我的苦，看不見我臉上的笑，我何須過分在乎他們的想法，我何須費力改變他們的觀感，日子是我在過，好不好，我自己爽最重要，今天報紙上的新聞，明天就用來包便當了，純屬娛樂效果，看看笑笑就好。

人家以為我不幸福，但其實我很快樂，相形比較之下，對於那些台面上很幸福的佳偶，私底下卻很痛苦，的確，我這算是小兒科。

現在的你哪裡有破洞呢？成熟的人會用美麗的亮鑽貼補它！

Girls Night Out

我一直很提倡女生要多製造和姐妹們相處的聚會，尤其是嫁為人妻、生了小孩的太太們，不只是姐妹們下午茶，或是中午去吃飯，女生也可以出去外面風花雪月，一票女生去KTV，或大家一起上夜店，好像《Sex and the City》，每個人點一杯Cosmopolitan、Martini，性感又時髦。

不是說女生出去玩就是把老公小孩留在家就是拋夫棄子，為人妻、為人母也要去外面享受一下熱鬧的氣氛，而不是關在家裡被柴米油鹽醬醋茶這些生活瑣碎的事情壓的喘不過氣。

所以呢，蓓蓉認為，小孩大了以後，不妨和老公約好，一個月一次讓我放風，出去放鬆一下；也跟自己的好朋友、姐妹淘約定好，像是每個月最後一個週五girls night out，大家一起出去開醺。

我和姐妹的party有時會有dress code，今天晚上都豹紋，或是粉紅色，或去高級餐廳吃大餐，大家要穿晚禮服；總之就是試著製造一些好玩的主題，大家就會開始互相拍照、打卡，玩得超開心。這種感覺就像是把小時候玩扮家家酒延伸到我們現在的生活，即使是成人世界，還是可以製造很多好玩的樂趣，我覺得這些生活的情趣，不是說我們被社會、工作洗禮後變得很成熟，就再也享受不到的東西。

除了要和老公溝通，取得同意和諒解外，自己的心態也要打開。

第一

不用覺得說出去就對不起老公、對不起小孩,覺得很愧咎。這樣妳會玩得開心才有鬼。

第二

帶小孩那麼辛苦,偶爾一個晚上讓老公帶小孩是ok的!

第三

請務必記得,「心」和「手」通通要放下!這樣出去一起玩,才會玩的盡興嘛!

建議大家girls night out每個月辦一次,絕對心情舒爽,有益身心健康!

每年一長一短的放風假

我最討厭那種把小孩丟給外傭，自己出國爽歪歪的壞媽媽，ㄟ，等一下，舊蓉我可不一樣喔！我是把小孩丟給老公，自己出國爽歪歪的好媽媽，差很多喔！

各位看我一路走來好像真的很爽，時常拋夫棄子跟姐妹淘去旅行。俗話說的好，休息是為了走更長遠的路！照顧家庭是一條永無止盡的不歸路，媽媽們沒有出國散散心，放輕鬆充充電，這條路怎麼繼續走下去？妳說是不是？

回憶起舊蓉自己趴趴走去埃及、義大利、巴黎、拉斯維加斯、香港、曼谷、首爾，通通是跟姐妹呢！我怎麼會那麼狠，把老公小孩晾在家？！首先，我和老公根本無法單獨出國，第一，小孩太小，家裡沒大人，不行！第二，老公有被害妄想症，他說，萬一飛機出事，我們兩個同時嗝屁，兒子們變成孤兒，多可憐！

我吚吚吚，他怎麼想法這麼悲觀啊？也對，不怕一萬只怕萬一，現在飛安事件頻繁，老公說的話也是不無道理。可素，舊蓉我屬馬ㄟ！你不讓我出去放風跑跑，偶會生病啊～於是乎，走遍大江南北，一步一腳印，都是舊蓉我用淚水、用革命，一路殺出來、吵出來的！

剛開始我都會先用弱弱的語氣試探：「老公啊，那個誰誰誰約我去埃及，可以嗎？」，心虛的我早就預料到老公一定會拒絕，接下來再用大眼無辜諂媚狀：「可是因為現在淡季，團費下殺特

價，不去可惜ㄟ！」，老公不為所動依舊say NO！同樣的問題&台詞持續追問＋洗腦一週失敗後，老公逼我放大絕，我只好先斬後奏耍賤招，那就是買好機票&付清團費！老公被「告知」後，大怒！兩軍交鋒，必有輸贏，老公拗不過我，只好協調到每年一長一短的放風假，老公也不是省油的燈，為防我再使詐，他也拿出殺手鐧，每年最多就一短一長，如果有兩短就沒一長，總之最多我只能放風逍遙自在兩次啦～而我出來走跳江湖，也秉持「 你給我方便、我也不會給你隨便」的互相誠信為最高原則，雖然自己出國去，不過大小事我都安排妥妥當當了，英文家教、陪讀小老師安排好了沒？OK！拜託煮飯婆來燒飯約好了沒？OK！家裡少了我，還是不會給您添麻煩滴，長官！

每年一長一短的假期，短的不超過四天，到東南亞、東北亞走一走，長的大概十天，可以飛去歐美。為什麼我堅持每年要自己或是和姐妹一同出遊呢？首先，家庭出遊對我而言絕對不是放風，是老娘從頭累到尾！再來，很多地方真的不適合帶小孩子去。

細數我的出國旅遊經驗，像是埃及，當時政局不穩定，旅遊安全有顧慮，加上舟車勞頓的行程，還要夜鋪火車一晚，這一趟旅程，真的要有吃的苦中苦，咬緊牙關的決心，帶著小孩去沙漠探險，我可沒那個膽啊！馬麻只能跟兒子說：「將來你長大了，一定要親眼見識壯觀的金字塔喔！」（*結果兒子生氣地對偶白眼～*）

那麼義大利、法國這些浪漫的歐洲國家呢？來到這麼有藝術氣息的地方當然會參觀很多美術館、博物館，小傢伙們可能進去看一看就哇～ 一秒鐘，然後就沒了，雕刻、畫像、偏藝術類的行程，看不完的教堂，小朋友不見得會欣賞。最重要的是，好不容易繞

了大半個地球來到朝思暮想的時尚之都，老娘我當然一定要蝦拼到爽，絕對不能讓小鬼頭壞了我的大計！

還有，瑪丹娜一直是我心中的女神，有一年，為了目睹娜姐演唱會，半夜三點挑燈上網搶票，號召一票女生殺到拉斯維加斯，朝聖娜姐！拉斯維加斯是貨真價實的賭城，紙醉金迷的不夜城，18禁兒童不宜啊！

雖然加州有很多小孩可以玩的東西，但是老娘我去看演場會的時候，小孩要放哪？而且，當時又沒碰到寒暑假，也無法跟學校請假，假單上總不能寫著，媽咪去追星，小孩遊賭城……我看，老師應該會昏倒吧！小孩沒假，老公當然也無法跟，為了娜姐，遙遠的拉斯維加斯，蓓蓉我去跟回只花了五天，因為老公只准我請五天假啊！包括回來的那一天，可見我是真的為了聽場演唱會，咻的飛過去，再咻的飛回來！

說的好像我都只顧自己出門爽，其實我是個每年都會安排帶小孩出國的好媽咪，而且跟兒子們上山下海，我也樂在其中。但這世界上也還有許多，適合孩子們長大後，自己有興趣再去探索也不遲的地方。而現在的我，已經老大不小啦，很多事情再不做我怕以後就做不到，words are cheap, action! 屬馬的性子急，想到什麼就要立馬去兌現！

每年一長一短聽起來會不會有點太over？其實我也不想把自己的標準套在每個人妻媽媽頭上，夫妻之間可以一起出國小蜜月也非常好，但女生之間的旅行跟夫妻之間的完全是兩碼子事，女生之間的獨處時光是很棒的！

我最近一次短放風，是我們一票六個女生三天兩夜香港之旅，旅程雖短，但就是好玩到不行！大家就是泡在泳池喝香檳，看夜景，玩自拍，交換女生才會說的事，這些無聊的小事，你想想，跟老公出去他們會來這一套咩？！重點並不是去哪裡，**重點是每個媽媽、每個女生都需要休息喘口氣，出國換個環境，接受一些美麗的滋養與薰陶**，享受異國風情的文化與刺激，可以的話，不妨跟妳們家長官撒嬌申請一下，每年可以計畫安排，讓自己好好放鬆充個電喔！

Around th

威尼斯

Egypt

羅浮宮

world!

熱浪女孩！

梵蒂岡

做人

做人不要憤世嫉俗；總是覺得被虧欠、被虧待，人生會過得很痛苦！這個世界上沒有任何人欠你！你媽不欠你，你兒子也不會欠你。講難聽點，不景氣借出去的錢都不一定討得回來，老天爺更不欠你！不要怪時勢，若有自覺，就該轉念。

做人不要酸葡萄；不同人不同命，有人有大樹可以乘涼，那是他上輩子燒好香，有人飛黃騰達，那是他夠努力，所以說從現在開始，說好話做好事＋打拼，你還有機會！

做人不要斤斤計較；有時候吃虧就是佔便宜，佔什麼便宜呢？光是「不計較」三個字，被他人列為你的個性特質時，你就賺大了！

做人不要白吃白喝，天下沒有白吃的午餐，除非他人有求於你，否則沒有人會二百五無故一直請你吃飯，何謂禮尚往來，該你回請客，做人就要大器。

做人不要挑撥離間；分化人際關係，技巧拙劣被發現會上黑名單，挑撥成功搞到事後自己還要選邊站，更麻煩！這樣子朋友只會變少而不是更多。

做人不要猜忌；預設立場只是在侷限自己，妖魔化他人並不會讓自己升格成天使，往往口直心快地問，省時又安全，畢竟，在現

實生活中玩遊戲是有風險的！

做人不要澎風；滿瓶的水不會響，班門弄斧的包裝自己，只會被眼尖的人在心裡笑，與其被人笑，我情願當個實在的窮鬼，不欠任何人的窮光蛋，問心無愧。

做人不要攀炎附勢；認識有錢人不代表自己也會有錢，有錢人水平高，倘若自己沒在水平線上，要一直掂腳換氣，會很辛苦！其實有時候只有老同學才會讓你掏心掏肺，懂你在說啥。

做人不要欲求不滿；對門的草永遠比較綠，人比人氣死人，天外有天，永遠比不完。如果要追要比，你就會像滾輪裡的老鼠，永遠跑不停。

做人不要搶第一；這個道理很簡單，高處不勝寒，一直當第一名交朋友不容易，或是哪天冠軍不再是我了，心態上很難調適，要記住老二哲學才是王道。

TMD！我怎麼活到那麼老，才開始懂得做人的道理……

善用時間

愛自己，分秒必爭！一萬多天的黃金歲月，莫浪費！

讀過一篇文章，說每個人的一生，平均約有三萬多天……這一題人生數學，深深觸動了我，掐指一算，扣掉晚年可能無法行動自如的年日，坐三望四的我，轉眼之間，只剩下一萬多個可以自由走跳的日子了呀。

一萬多天的人生，比存摺裡面的數字更讓人驚恐發慌！

它很短暫、超寶貴，連當媽才幾年的我，現在翻相簿看著兒子小時候的模樣，都有「這孩子是哪位？」恍如隔世的感覺。你就知道時間洗刷歲月蹤跡的力道有多麼強大，人的一生正在不知不覺中急速消逝。

女人常常把家庭、先生和孩子，擺在優先於自己的位置上。每一天，大部分，甚至是把全部的時間心力都奉獻給跟老公孩子有關的事上。白天買菜燒飯三小時、洗衣整理家務，兩小時又過去了，接孩子放學，幫孩子看功課，聽老公說話，一整天就這樣沒了……女人到底為自己留了多少時間，時光飛逝，我不希望孩子長大後，活在懊悔和怨懟裡：「當年如果多為自己活，那該有多好！老娘還有好多喜歡的事沒做，還不都是為了你們……XXOO（你我都熟悉的，老媽子無止境的碎碎念）」

我很愛我的老公和小孩，能為他們付出黃金人生，我也甘之如飴，但為了後半輩子能夠愛的更精采，為這個家留下更多美好回憶，我更需要好好為自己活。把握時間，分秒必爭，我現在面對生活大小事的對策是：任何零碎的時間，都不放過。

「小確幸地圖」～屬於我的Happy Sunday

舉個例來說，每個禮拜天，老娘我都得當司機，帶小孩去離家有段車程的地方打籃球。九十分鐘的課程，我發現前後左右的家長，都在籃球場邊「乾等」滑手機或放空，但我不想這樣蹉跎時光，我還有很多讓我身心平衡，非做不可的事要做。

於是我開始調查那一區的生活圈，畫出屬於我自己的小確幸生活

兒子們打籃球，
阿母我去路跑！

地圖～哪裡可以健身運動、哪裡可以洗個頭放鬆一下，或是哪裡可以買菜，哪裡適合買杯咖啡，看一本書喝杯心靈雞湯，為靈魂充滿滿的電……不管如何，就是要充分利用這九十分鐘，讓這一天過得更有效率。

孩子去打一場好球的時間，老娘也為自己活了一回！！

我不要只是當一個無奈的司機，渾渾噩噩的呆坐半天，沒有感知的履行家庭義務，心也漸漸地走味蒙塵，最後完全失去自己的人生方向感，變成孩子先生的附屬品。

上天似乎也頗同意我的觀點，有一次大姨媽來，送兒子到球場後就懶得動了，買了杯咖啡在籃框附近選個位子坐下來看雜誌。怎麼會有人這麼笨，坐在籃框附近？不一會兒，我這個運動神經還算可以但卻完全不會躲球的球痴呢，就被孩子激戰中，天外飛來的一顆籃球，狠狠的在頭上K了一下。當場徹悟，這一記就像老天爺在對我說：「快起來，莫乾等！生命很寶貴！」

Anyway，誰不喜歡快樂星期天？馬麻我想要也需要happy sunday好嗎！天下父母心，週末是替孩子們安排課外活動的最佳時間，鋼琴籃球游泳、珠算作文美術……努力充實孩子的同時，別忘了也要充實自己。姐妹們請珍惜光陰，別讓妳的權利睡著了，不只是外表不能變黃臉婆，也別讓心靈漸漸枯黃，耗在虛度的乾等時光中。

切莫放大悲傷

Do yourself a favor 切莫放大悲傷，當妳在自怨自艾時，地球依然在運轉，為了五斗米折腰，班還是要上，為了孩子的學業餐點，功課還是要陪讀，飯還是要燒。

為了我們的青春美麗，哭多了也不好，畢竟不是年輕辣妹，哭哭啼啼真的會讓人變醜又變老，適度的宣泄，就讓自我的心靈像是剝洋蔥，剝去外層的黑焦，不用跟悲傷做好朋友，學會如何轉化心情很重要。

女生們很簡單，洗個頭修個指甲都可以讓人心情變好，或是約個姐妹淘拋去家醜不可外揚的煩惱，破口大罵過過乾癮也好。馬照跑，舞照跳，當然逃避現實也不好，但是先把自己的心情搞好，凡事才有可能變好。

想想自己有多好，自我感覺良好很重要， 有時候心裡話不用說，皮笑肉不笑，*這個臭男人算他命好，娶了我真好！*

女人25歲最搶手

這篇文章開始之前，我要先講一個譚詠麟的故事；有天，有位男性朋友過生日請吃飯，帶了女朋友來見大家，壽星當時30出頭，女友則非常年輕；舉杯時我就祝他是永遠的25歲，朋友說：「唉唷不要這樣子，我又不是譚詠麟！」

我們小時候的譚詠麟，就是凍齡的指標性人物，從小到大，永遠聽他說：「我25歲。」我回朋友：「欸！你講這個名字，你女友應該不知道誰是譚詠麟吧。」他就說怎麼可能，馬上轉頭去問說，北鼻，你知道誰是譚詠麟嗎？女友一臉茫然的回答：「我不知道，誰是譚詠麟？」

這就好像我們家小朋友也不知道誰是Michael Jackson，道理是一樣的嘛，代溝嘛！沒想到女友的答案也讓他傻眼，馬上我就打圓場，你看，交女友交太年輕很難溝通吼，虧他一下，他也很樂。

這個故事只是開場，我想告訴很多女生們，青春肉體誰不愛呢？20出頭的男生會想交25歲的女朋友，會覺得比較好溝通，18、9歲的會讓他覺得還沒長大；等他30歲時也會想交一個25歲的，沒辦法接受太年長的；等到35、40、甚至5、60，更想交一個25歲的！這個年齡的女生，是最漂亮的，有點小成熟、小聰明，但還屬於年輕的狀態。

甚至呢，我老公跟兒子聊天時還不小心說溜嘴，「兒子啊，以後

你交女朋友，一定要交比你年輕的！」

或是和男性朋友聊天，說什麼上禮拜認識了一個妞，覺得太老了不喜歡，結果照片一看根本才28、30出頭，我說這樣有沒有很過分，這樣還嫌人家老？！

25歲女人是最搶手的，但是，25歲已經離我非常遙遠了，我不可能永遠活在過去，好像還停留在一個假象。青春肉體大家都喜歡，連我自己，我看別的女生，也都覺得這種洋裝要年輕女生穿才漂亮，看朋友家的女兒越來越大，自己也會有些感觸。但是我覺得，只要是人，都曾經歷過25歲，而只要是人，25歲也一定有過去的一天。我們不再像25歲般的幼稚，也不可能有25歲的身材，我們的膠原蛋白、我們的皮膚，都不再是25歲。但是，不要戀棧，也不要覺得人家年輕就是比較厲害，姐姐也有自己厲害的地方，現在姐姐很夯，不管心態或身體狀況，都還是維持的很好。在老公眼裡永遠都是25，如何在他眼裡保持年輕貌美、讓他感覺我們永遠是像25歲般的甜美，那都是自己要努力去做的。

不要怕老

身為女人，每個人都想抓住青春的尾巴，尤其是身為女人，總是跟著凍齡、回春在玩追趕遊戲。

今年是我的本命年，我已經正式坐三望四了，對於蒨蓉「姐」的稱謂也越來越習慣了，以前會怕老，對於年輕網友犀利的批評，我很容易受傷，看到盡情揮灑青春色彩的年輕人，我好羨慕。

話說剛剛才落幕的奧斯卡頒獎典禮，站在台上的Jennifer Lawrence飽滿的臉蛋、豐滿的身材，我是女生都看得流口水，但是同樣的，坐在台下的Meryl Streep，你會覺得她討厭嗎？當然不會！兩個人同樣美麗，不同的形式不同的魅力！

所以我說姐妹呀，不要怕老！皺紋不用在意，年次不要在意，它們都不具有任何毀滅性，人生是自己的，日子是用心在過的，不是表面皮囊，身處何年齡就要有何表現，而且要到位！我們可以思想年輕，但是不能幼稚，我們可以打扮時髦，但是要得體，我們可以回春，但是要自然。

歲月也許是敵人，也可以是朋友，自信的成熟美、累積的智慧、健康的身體，才是最重要的無價之寶！

熟女們，共勉之～

愛自己

最後，要來個總回顧，這本書裡頭，我大概講過N百遍，最好的媽媽沒有獎！做得再好，也不會有人頒獎狀給你。

每個人都會說，我要當一個最棒的妻子，做一個最好的母親；沒錯，有時候我也會，在某些方面，對自己要求很高，常常也會強迫症上身，給自己很多壓力。但我還是要不遺餘力的說，尤其是為人妻、為人母的女生朋友們，*愛自己，就是給妳和家人最大的禮物。*

有時候，老公一些不自覺的白目行徑，也常讓我翻白眼。平常先生、小孩回家吃飯，大家吃飽後要收拾的人是我，兩個小孩去寫功課，老公在旁邊一副吃得很飽、打飽隔看新聞，活脫就像個老爺；如果晚上要看電影或DVD，就要趁早看，因為第二天還要早起上班，往往他老兄就會在那邊叫：「老婆，你趕快來看電影啊！」每次聽到這個我心裡就「金每送」！老兄！你洗好澡，飯菜也都吃好了，吃飽喝足只要在那邊剔牙就可以很舒服地看電影，但我們不是啊，我們要收碗盤，腦袋還要盤算著明天小朋友出門要帶的東西，很多瑣碎的事情還在我腦子裡轉呀轉。我也很想趕快香噴噴地洗好澡，看完電影好睡覺，問題是，我還沒有ready好，他就已經在旁邊完全沒他事一樣，還會「老婆妳快來啊」這種二百五的方式叫我，每次這樣叫我，我就會「轟」！滿腔的怒火，很想要爆發出來。

冷靜！冷靜！

其實我一冷靜下來之後，又會很清楚，其實不能怪他，因為他並不知道我心裡的這些小劇場。在家庭中，身為老婆、身為母親的角色，我們往往都把自己放在最後一個，前兩位都是考慮老公和小孩。但是，別忘了，飛機上的飛航安全指示，永遠都是說，先照顧好自己再照顧孩童！

愛自己，並不是當一個自私的女人，我們偶爾也要給自己時間和空間，並不是忽略自己，照顧好別人，才能成就完美。家庭中若有一個快樂的媽媽，才能照顧全家，而怎麼讓媽媽自己快樂，也就是我這本書一直在傳達給大家的各種愛自己的方式，*愛自己，妳才能再付出、再給予你最愛的家人。*

Good Luck！

聽著李宗盛的「山丘」，想起某次朋友的婚禮，新郎因為工作關係認識，李宗盛特別錄製了祝福影片獻給新人。

VCR一開始，李宗盛先虧自己還在情海載浮載沉，即使大叔人不在婚禮現場，已經引起現場賓客一陣歡笑，接下來李宗盛說，在這個世界，沒有所謂真正夫妻相處之道的準則，別人成功的模式不一定適合套用在自己身上，每一個人都是不同個體，每一對夫妻的互動都會產生不同火花，唯有去尋找、去磨合，才是自己與另一半的相處之道。

哈哈，不愧是音樂才子、情場大師啊！簡單的幾句話，對於我們這種結婚超過十年以上的夫妻，聽在耳裡格外有感觸，特別認同。

兩個人在一起本如此，你了解對方不代表你願意順著毛摸，你知道對方要什麼，可是你不見得願意給，夫妻相處之道可以說出來落落長一串，不是每個人每件事都能說到做到，理論跟實踐根本是兩碼事，更何況沒有是非對錯的愛情，有些事情往往到婚後才發現，有些情況明明你知道，卻執意要改變，如果你問我，我個人覺得試婚很重要。

我的懷孕是意外，結婚是衝動，過程從未有王子公主的夢幻，童話故事是講給小孩子聽的，公眾人物的幸福是用來包裝的。對我

而言，沒有唾手可得的幸福，犧牲、退讓、包容，這些都是必經的過程，檢討、改變、成長，這些都是必修的學分。我只是很認真踏實得在過日子，這其中有好笑、有眼淚，有無奈、有感動，事到如今一路走來，我很感謝老天爺給了我這個機會挑戰自己，看起來彷彿失去很多自我，但內心知道：I'm the winner！

我時常跟朋友開玩笑，如果哪一天我當膩人妻，要離婚，我要打遍天下無敵手，看一個順眼就睡一個！畢竟年紀輕輕，沒交過幾個男朋友就結婚，總是好奇外面不用負責的男女情愛。婚紗設計師Vera Wang已65歲，男朋友是小她40幾歲的模特兒，我說等兒子們大學畢業了，我也要去找一個小狼狗，老公笑我自我感覺良好，叫我慢慢想吧！

哎，說說嘛！我贏的不是表面風光，更沒有贏到一毛錢，截至目前為止，這一條婚姻大道接下去還要走二十年、三十年、四十年，搞不好到第五十年，結果只贏到一個要照顧一輩子的老頭……我長得一臉前衛，但經營婚姻卻很傳統，婚姻生活不是天天浪漫，沒有日日甜蜜！

我不敢自誇這是婚姻讓我成長的智慧，生活點滴酸甜苦辣與妳分享，娛樂層面，希望妳覺得有趣，心靈層面，希望妳有共鳴，幸福操控在自己手上。提到婚姻生活，套句前輩的話：*good luck*！

玩藝 0012

跪婦女神婚姻奮鬥記
侍夫育兒療癒級mur mur 領銜人妻衝衝衝

作　　　者 —— 李蒨蓉

攝　　　影 —— 蔡智翔

造　　　型 —— Yumi

化　　　妝 —— 妝苑工作室

髮　　　型 —— 壹廊

藝人經紀 —— 吉帝斯整合行銷工作室任月琴（0939-131-404）

封面設計
　　　　　 —— 許瑞玲
內頁設計

責任編輯 —— 胡志強、簡子傑

責任企劃 —— 汪婷婷

董 事 長
　　　　　 —— 趙政岷
總 經 理

總 編 輯 —— 周湘琦

出 版 者 —— 時報文化出版企業股份有限公司

　　　　　 10803台北市和平西路三段二四〇號七樓

　　　　　 發行專線 ——（〇二）二三〇六—六八四二

　　　　　 讀者服務專線 —— 〇八〇〇—二三一—七〇五

　　　　　　　　　　　　（〇二）二三〇四—七一〇三

　　　　　 讀者服務傳真 ——（〇二）二三〇八—六五五八

　　　　　 郵撥 —— 一九三四四七二四時報文化出版公司

　　　　　 信箱 —— 台北郵政七九～九九信箱

時報悅讀網 —— http：//www.readingtimes.com.tw

電子郵件信箱 —— books@readingtimes.com.tw

時報出版風格線 —— http：//www.facebook.com/bookstyle2014

法律顧問 —— 理律法律事務所　陳長文律師、李念祖律師

印　　　刷 —— 詠豐印刷有限公司

初版一刷 —— 二〇一五年三月二十七日

定　　　價 —— 新台幣三二〇元

服裝提供 —— Alice&Olivia、Stephane Dou、Vivienne Westwood

特別感謝 ——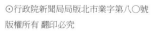

⊙行政院新聞局局版北市業字第八〇號

版權所有 翻印必究

（缺頁或破損的書，請寄回更換）

ISBN 978-957-13-6181-9

Printed in Taiwan

國家圖書館出版品預行編目（CIP）資料

跪婦女神婚姻奮鬥記/李蒨蓉著. -- 初版. -- 臺北
　市：時報文化，2015.03
　　面；　公分
　ISBN 978-957-13-6181-9（平裝）

855　　　　　　　　　　　　　　10400185

船井funcare

美魔女の秘密！
『船井R7精純蜂皇漿』
日本專利自然養蜂法 高活性7倍回春R物質

蜂皇漿含有50種以上的營養成分，其中癸烯酸可調節體質、增強體力、病後補養與促進膠原蛋白生成；R物質高活性成分可活化細胞。

李蒨蓉

funcare®
船井 R7 精純蜂皇漿
船井R7ロイヤルゼリー

R物質

癸烯酸

R7 Royal Jelly

30粒入 液態軟膠囊 日本の自然養蜂法

高效7倍R物質＋癸烯酸 高含量 17%

日本蜂皇漿 養顏美容 調整體質 幫助入睡

3大珍貴成分

日本魚子精華 肌膚飽滿水潤 撫平紋路

紐西蘭珍貴松樹皮 對抗自由基！

液態好吸收　膠囊優點　無辛辣味

船井R7精純蜂皇漿 30入／市價 1,980 元

無暇美肌 來自科學實證

日本野口醫學研究所 野口英世醫學 博士
- 日本首位榮獲諾貝爾醫學獎肯定
- 醫programe 25年以上專業學術研發歷程
- 全日本200家已上病院協力實證
- 專為東方人體質設計的永天食品
- 超過「101位醫學博士共同合作」

日本野口醫學研究所
小野田真理 管理營養士 推薦

通過日本公益財團法人機關認証的蜂皇漿

船井R7精純蜂皇漿の抗齡成份

- ☑ 癸烯酸／元氣、好氣色、美容
- ☑ 神秘R物質／活力、凍齡、修護
- ☑ 維生素B群／肌膚新陳代謝、氣色好
- ☑ 必需胺基酸／修補組織
- ☑ 神經傳遞物質／舒緩情緒

★★★★★
擁有15項「紐、澳、韓、美、日多國專利」

銷售通路　康是美　Watsons　船井明日健康館　台中中友百貨BF　台南新天地BF

YAHOO奇摩 購物中心、YAHOO奇摩 超級商城、MOMO購物網、EHS東森購物網、森森購物網、7net雲端超商、博客來 PayEasy女性購物、PChome24h購物、GOHAPPY快樂購物網、udn買東西、myfone購物、樂天市場、91行動購物

www.funcare.com　營養師諮詢專線：0800-634-888（週一～週五 9:00～18:00）

口腔護理 2080

連續10年韓國品牌力第一名

（2005年～2014年）

**從早到晚守護您牙齒的健康
讓您到80歲也能保有20顆健康的牙齒**

TSPP保護
牙齒表面

三重美白修護牙膏

第一重 潔白牙齒
☑2種不同大小的球狀美白彈性體,加倍有效去除外源色素美白牙齒,且不傷琺瑯質。
☑小豆蔻油成分讓牙齒更加晶亮。

第二重 災難恢復
☑含牙齒主要構成成分HAP,修補牙齒表面的細微缺損部位,修護琺瑯質。
☑含有維他命E和氟-強健牙齦,預防蛀牙。

第三重 預防色素細菌再次沉澱
☑專利TSPP配方在牙齒表面形成一層保護膜,防止牙菌斑再生。
☑木糖醇和赤藻糖醇在牙齒表面形成一層隔離膜,阻止色素沉澱生成。

愛敬韓國官網：www. aekyung. co. kr
愛敬台灣官網：www. LohasAK. com

雙重
微粒因子

預防
結石

Anti Plague 안티프라그

清新
口氣

Breath Care 구취제거

預防
蛀牙

Cavity Care 충치예방